AF746444

www.ingramcontent.com/pod-product-compliance
Lightning Source LLC
LaVergne TN
LVHW050949051026
849532LV00005B/1770

* 9 7 8 9 3 5 8 7 2 8 5 3 8 *

جگا ڈاکو

(اور دیگر کہانیاں)

مصنف:

بلونت سنگھ

Jagga Daku

by: Balwant Singh

Edition: July '2023

Publisher & Printer:

Taemeer Publications LLC (Michigan, USA / Hyderabad, India)

ISBN 978-93-5872-853-8

9 789358 728538

کتاب	:	**جگا ڈاکو** (کہانیاں)
مصنف	:	**بلونت سنگھ**
صنف	:	فکشن
ناشر	:	تعمیر پبلی کیشنز (حیدرآباد، انڈیا)
زیر اہتمام	:	تعمیر ویب ڈیولپمنٹ، حیدرآباد
سالِ اشاعت	:	۲۰۲۳ء
تعداد	:	(پرنٹ آن ڈیمانڈ)
طابع	:	تعمیر پبلی کیشنز، حیدرآباد -۲۴
صفحات	:	۷۲
سرورق ڈیزائن	:	تعمیر ویب ڈیزائن

ترتیب

تعارف

اردو افسانہ کے پہلے دور میں ہمیں رومانی اور اصلاحی میلانات نظر آتے ہیں۔ یہ وہ دور تھا جب ادباوشعرا اپنے ہم وطنوں کو تعلیم کی طرف مائل کرنے کی کوشش میں تھے اور انہیں میں سے چند ادبا راہِ فرار اختیار کر کے رومانیت میں گم تھے۔ دوسرے دور کے افسانوں میں زندگی میں رونما ہونے والی تبدیلیوں کو موضوع بنایا گیا۔ ادب اور آرٹ کی حمایت اور رجعت پسندوں کی مخالفت کی گئی ہے اور تعلیم کو سماج کے تمام حصوں تک پہنچانے کی کوشش کی گئی ہے۔ یعنی یہ کہ ترقی پسند تحریک کی پرزور حمایت کی گئی ہے اور ساتھ ہی سائنسی ترقی کے فروغ پر توجہ دی گئی ہے۔

افسانہ کا تیسرا دور ۱۹۵۹ تک پھیلا ہوا ہے۔ ۱۹۶۰ تک آتے آتے انسان اپنی ذات کے اسرار و رموز کی تلاش میں سرگرداں نظر آتا ہے۔ اپنے اردگرد اور ملکی و غیر ملکی اتار چڑھاؤ کی کیفیت کے باوجود اردو افسانہ نگاروں نے افسانہ نگاری کے اس فن کو آگے بڑھایا۔ اور آخرکار ۱۹۶۰ کے بعد افسانوں کے موضوعات میں تبدیلی کے ساتھ ساتھ پرانی قدریں بھی روپوش ہونے لگیں۔ اس کے باوجود اردو کے مختلف افسانہ نگاروں نے اپنے افسانوں میں اقدار کو باقی رکھا۔ جس کی ایک مثال بلونت سنگھ کے افسانوں سے دی جاسکتی ہے۔ چونکہ بلونت سنگھ بھی اسی زمانے میں افسانہ نگاری کا آغاز کر چکے تھے، جس زمانے میں دوسری جنگ عظیم کا اختتام عمل میں آیا۔ یہ زمانہ ایک طرح سے ترقی پسند تحریک کے عروج کا زمانہ تھا۔ اور اسی تحریک کے زیر اثر نئے ادب کا وجود عمل میں آرہا تھا۔ انھوں نے ۱۹۳۸ میں طالب علمی ہی کے زمانے میں اپنا پہلا افسانہ "سزا" تحریر کیا۔ جسے رسالہ ساقی لاہور

میں شائع کرایا۔

بلونت سنگھ بلاشبہ باکمال افسانہ نگار تھے، جن کے قلم سے چند ایسے لازوال افسانے خلق ہوئے کہ ان کے ذکر کے بغیر اردو افسانے کی کوئی تاریخ مکمل نہیں ہو سکتی۔ ان کے افسانے اس عہد کے سربر آوردہ ادیبوں کے علاوہ عام قاری کو بھی اپنی طرف متوجہ کرتے تھے اس لیے رسالوں میں انہیں کرشن چندر، منٹو اور عصمت کے ساتھ جگہ دی جاتی تھی۔
بلونت سنگھ نے ہندی اور اردو میں تقریباً ڈھائی تین سو کہانیاں لکھیں جن میں موضوعات کی رنگارنگی ملتی ہے اور ہیئت و تکنیک کے تجربات بھی۔ ڈکشن کی تلاش ہے اور اسلوب و اظہار کی نیرنگی بھی۔ اس کے باوجود بالعموم بلونت سنگھ کو ایک رومانی افسانہ نگار سمجھا جاتا رہا ہے۔ جبکہ بلونت سنگھ کے مشہور و مقبول افسانوں کی ہی ساخت کھولی جائے تو ثابت ہو جاتا ہے کہ یہ بات جتنی صحیح ہے اتنی ہی غلط بھی۔ بلونت سنگھ ایک سفاک حقیقت نگار بھی تھے اور سکھ نفسیات یا پنجابی تہذیب و ثقافت کے بہترین ترجمان بھی۔ انہیں نہ صرف بیانیہ پر بے مثال قدرت حاصل تھی بلکہ ذخیرۂ الفاظ نہایت وسیع اور مشاہدہ بہت کھرا تھا۔ وہ انسانی کائنات کو ایک ناقابل تقسیم وحدت کے طور پر دیکھنے کے عادی تھے اس لیے ان کے یہاں انسانی جذبوں اور تجربوں کا حیران کن تنوع ملتا ہے۔

بلونت سنگھ جون ۱۹۲۱ء میں ضلع گوجرانوالہ موضع بہلول، مغربی پنجاب (پاکستان) میں پیدا ہوئے۔ ابتدائی تعلیم آبائی گاؤں کے پریپریٹری اسکول میں ہوئی۔ ان کے والد لال سنگھ دہرہ دون کے ملٹری کالج میں لکچرر تھے۔ کچھ برسوں بعد انہیں بھی والد کے پاس دہرہ دون جانا پڑا۔ یہیں سے انھوں نے میٹرک کیا۔ بعد میں الہ آباد یونی ورسٹی سے ایف۔ اے اور پھر اس کے بعد یہیں سے بی۔ اے سیکنڈ ڈویژن میں پاس کیا۔ ۱۹۴۸ء میں ان کی شادی ہوئی۔ لیکن بعض وجوہ کی بنا پر ایک سال بعد ہی طلاق ہو گئی۔ اس کے بعد ڈاکٹر گوپی چند نارنگ کے بقول دوسری شادی اکیس

برس بعد منجھو سے ہوئی۔ جن سے ایک بیٹا اور ایک بیٹی ہوئی۔ ان کی دوسری بیوی ان سے ۲۵ سال چھوٹی تھی۔ بلونت سنگھ جولائی ۱۹۴۸ء سے جنوری ۱۹۵۰ء تک پبلی کیشنز ڈویژن، وزارت اطلاعات و نشریات، حکومت ہند کے رسائل 'آجکل'، 'بساطِ عالم' اور 'نونہال' کے ادارتی عملے سے وابستہ رہے۔ ملازمت سے استعفیٰ دینے کے بعد مستقل طور پر الہ آباد منتقل ہو گئے۔ اسی زمانے میں ان کے والد کا انتقال بھی ہو گیا۔ ابتدا میں والد کے قائم کردہ "امپیریل ہوٹل" کو سنبھالا۔ لیکن بعد میں عدم توجہی کے باعث ہوٹل کو فروخت کر دیا۔ آخر میں کینسر جیسی موذی بیماری لاحق ہوئی۔ بالآخر ۲۷/ مئی ۱۹۸۶ء کو ان کا انتقال ہوا۔

بلونت سنگھ بڑے بڑے اعزازات کے مستحق تھے لیکن ان کی زندگی میں انہیں صرف اتر پردیش سرکار ادبی ایوارڈ، بھاشا و بھاگ حکومتِ پنجاب کا ادبی ایوارڈ اور پنجاب سے ہی شرومنی ساہتیہ کار ایوارڈ سے نوازا گیا۔ اردو اور ہندی زبانوں میں مجموعی طور پر ان کی چالیس سے زائد تصانیف شائع ہوئی ہیں۔ جن میں زیادہ تر ہندی کتابیں ہیں۔

بلونت سنگھ کی افسانہ نگاری کے تین زاویے ایسے ہیں جو ان کے فن کو قوس قزح کے رنگوں سے مزین کرتے ہیں۔

اول: موضوعات کا تنوع

دوم: کردار نگاری

سوم: فضا سازی

جہاں تک موضوعات کا تعلق ہے، بلونت سنگھ کا مطالعہ و مشاہدہ بے حد وسیع ہے جس میں سکھ سائیکی، پنجاب کے متوسط طبقے کی معاشرتی زندگی، دیہات کے مسائل، معصومیت کا استحصال، اقدار کی تذلیل، عشق کی نیرنگی، پنجابیوں کی فطرت، مذہبی ریاکاری اور تصنع، تقسیم ہند اور فسادات اور مشترکہ تہذیب کی بقا وغیرہ اہم ہیں۔

بنیادی طور پر بلونت سنگھ نے اردو افسانے کو سکھ قوم کے معاشرتی مزاج، سائیکی اور ان کی جمالیاتی حس کا ترجمان بنایاہے۔ وہ مزاج جو برہمی، جلال، قوت، انانیت اور حقیقت پسندی جیسے رویوں سے تشکیل پاتا ہے اور اس جمالیاتی حس کی تربیت کرتا ہے جس میں نظریں حسن کو باطن کی گہرائیوں میں ڈھونڈنے کا سلیقہ رکھتی ہیں اور یہ احساسِ جمال بلونت سنگھ کے سیدھے سادے کرداروں کے توسط سے زندگی کی معنویت اور رعنائی کو آب و تاب عطا کرتا ہے۔ جگّا، پورا جوان، تین چور، چاند اور کمند، چکوری اور سمجھوتہ وغیرہ اسی قبیل کی کہانیاں ہیں۔

بلونت سنگھ کی مشہور کہانیوں میں 'جگا' سب سے زیادہ مقبول ہے جو انسان کی فطری معصومیت، حُسن کی طہارت اور عشق کی تاثیر کی معنی خیز دستاویز ہے۔

پوری کہانی "جگا ڈاکو" کے گِرد بنی گئی ہے، اِس سے رومان الگ کر لیں تو کچھ نہیں رہ جاتا۔ لیکن یہ رومان محض رومان نہیں بلکہ زندگی کی جڑوں سے وابستہ اور حقیقت کی سطح رکھتا ہے۔ ڈاکو جگا رات کو ایک گاؤں سے گزرتے ہوئے رہٹ پر پیاس بجھانے کے لیے رکتا ہے تو 'گرنام' جیسی معصوم، الھڑ اور اپنی اداؤں سے بے خبر دوشیزہ پر فریفتہ ہو جاتا ہے۔ اجڈ اور ہیبت ناک Out look والا جگّا بات کرتا ہوا نہ صرف گرنام کے گھر جاتا ہے بلکہ رات بھی وہیں گزارتا ہے۔ گُرنام اس کے زیور اور موتیوں کے ہار دیکھ کر طفلانہ بھولپن سے چہکتی رہتی ہے۔ صبح رخصت کرتے ہوئے باپو جب اس کا نام جاننا چاہتا ہے تو وہ کہتا ہے خبر دار کسی کو مت بتانا کہ رات جگا ڈاکو تمہارا مہمان تھا۔ جگا کا نام سن کر باپو لرز جاتا ہے، کیوں کہ اس نام سے بڑے بڑوں کے چھکے چھوٹ جاتے تھے۔

اس واقعے کے بعد وہ اکثر رات میں آتا ہے اور صبح چلا جاتا ہے، یہاں تک کہ لوگوں نے سنا کہ اس نے ڈاکہ زنی ترک کر دی ہے۔ دراصل وہ خود کو نیک اور گرنام کے قابل بنانا چاہتا ہے۔ جب اس کو معلوم ہوتا ہے کہ گرنام تو دلیپ سنگھ کو پسند کرتی ہے تو وہ دلیپ سنگھ کو مار دینا چاہتا ہے۔ مگر رفتہ رفتہ اسے احساس ہوتا ہے کہ گرنام کا جذبہ صادق ہے۔ بالآخر خود جگا دلیپ سنگھ کو لا کر گرنام سے

شادی کے لیے پیش کر دیتا ہے اور جگا ایک بار پھر ایک خونخوار ڈاکو جگت سنگھ وِرک بن جاتا ہے۔

اس کہانی میں سارے عناصر کی تشکیل رومانی اجزا سے ہوئی ہے۔ مردانگی، بہادری، تشدد، دلیری، ڈاکہ زنی، بے لوث محبت، گرنام کا ملکوتی حسن، معصومیت، الھڑپن، جگا کی پر اسرار، بد وضع، بھیانک اجڈ شخصیت لیکن نیک دلی، قول پر جان قربان کر دینے اور محبت کے لیے کچھ بھی کر گزرنے کا جذبہ۔۔۔ غرض کہ پلاٹ، کردار، منظر نگاری، مکالمے سب رومانی رنگ میں رنگے ہوئے ہیں۔ اِن رومانی عناصر نے کہانی کو شہکار کا درجہ دے دیا ہے۔

جگا اور گرنام کے وسیلے سے بلونت سنگھ نے انسانی فطرت کے نہایت معصوم اور معنی خیز رویوں کو آشکار کیا ہے اور ساتھ ساتھ پنجاب کے تہذیبی عناصر کو بھی نہایت فنکارانہ انداز سے کہانی کا حصہ بنایا ہے۔ حُسن، عشق، معصومیت اور رومانی طرز احساس پہ مبنی ایسے موضوعات رنگ، چکوری، پتھر کے دیوتا، سکوت، سمجھوتہ، گھر کا راستہ اور حور کی پوتی کا افسانۂ محبت۔۔۔ جیسی کہانیوں میں بھی دیکھے جاسکتے ہیں۔

(یہ تعارفی تحریر شہاب ظفر اعظمی، غلام نبی کمار اور عائشہ پروین کے مضامین سے ماخوذ ہے۔)

جگّا

ماجھا کے علاقے میں بھیکن ایک چھوٹا سا غیر معروف گاؤں تھا۔ مشکل سے سو گھر ہوں گے۔ زیادہ تر سکھوں کی آبادی تھی مگر یہاں ایک بات تھی، وہ یہ کہ بعض اوقات کوئی غیر معمولی خاص حسین لڑکی وجود میں آتی جس کے ساتھ کسی نوجوان مرد کے عشق کی داستان اس قدر رومان پرور ہوتی کہ سسی پنوں، سوہنی مہیوال اور ہیر رانجھے کے قصے بھی مات ہو جاتے۔ اب کے قرعہ گرنام کور کے نام پڑا تھا۔

گرنام کے حسن نے آس پاس کی بستیوں کے نوجوانوں میں ہلچل مچادی تھی۔ وہ ایک گڑیا کے مانند تھی، چینی کی مورت، چلتی تو اس سبک رفتاری کے ساتھ کہ نقش قدم معدوم ہو جاتے لیکن ابھی وہ معصوم تھی۔ شباب کی آمد آمد تھی اور وہ ایک بے فکر اور پر شباب دوشیزہ کی پُرزور حس ابھی اس طرح محسوس کرتی تھی جیسے خاموش سمے میں کہیں دور سے شہنائی کی اڑتی آواز سنائی دے جائے۔

ابھی وہ مردوں کے اشاروں اور کنایوں کا مطلب نہیں سمجھتی تھی اور اپنی مسکراہٹ ہر کسی کو پیش کر دیتی۔ وہ سب سے ہنس کر بات کر لیتی، ابھی اس میں پندارِ حسن پیدا نہیں ہوا تھا لہٰذا جو بھی شخص اس سے بات کر لیتا، یہی سمجھتا کہ گرنام اسی سے محبت کرتی ہے۔

ایک مرتبہ شنگارا سنگھ نے علانیہ نوجوانوں کے جھرمٹ میں کھڑے ہو کر کہہ دیا کہ وہ

گرنام کو بھگا لے جائے گا۔ اسی وقت دلیپ سنگھ وہاں سے گزرا۔ دوسروں نے اسے سمجھایا کہ دیکھو دلیپ سنگھ بھی گرنام کے عاشقوں میں شمار ہوتا ہے، اس نے سن لیا تو حالات خطرناک صورت اختیار کرلیں گے۔ اس پر شنگارا سنگھ نے زبردست قہقہہ لگایا اور دلیپ کے پیچھے کھڑے ہو کر بکرا بلا دیا۔ (کسی کی تضحیک کرنے کے لیے منہ کے آگے ہاتھ رکھ کر بھق بھق کی آواز نکالنا)۔ اس پر دلیپ کی آنکھوں میں خون اتر آیا۔ اس نے خشمگیں نظروں سے شنگارے کی طرف دیکھا اور کڑک کر بولا:

"تو نے بکرا کیوں بلایا؟"

شنگارے نے تہبند کس لیا اور خم ٹھونک کر مقابلے پر آ کھڑا ہوا۔ دلیپ کی آنکھیں قہر برسا رہی تھیں، قریب تھا کہ دونوں جوان باہم گتھم گتھا ہو جائیں مگر سب نے بیچ بچاؤ کرا دیا۔ آخر کہاں تک؟ ایک دن خونی پل پر دونوں کا مقابلہ ہو گیا۔ دلیپ کا ٹخنہ اتر گیا لیکن اس کی لاٹھی کی ایک ہی ضرب سے شنگارے کا جبڑا ٹوٹ گیا۔ جان تو بچ گئی مگر صورت بگڑ گئی۔ اس دن سے سب کو کان ہو گئے اور اب دلیپ کے جیتے جی گرنام کا دعویدار پیدا ہونا ناممکن تھا۔

رات بھیگ چکی تھی، چاند جوبن پر تھا۔ گاؤں پر پُراسرار خاموشی طاری تھی۔ کبھی کبھی کتوں کے بھونکنے کی آواز آجاتی۔ اتنے میں ایک سکھ سانڈنی سوار پیپل کے نیچے آرکا۔ اس نے سانڈنی کو نیچے بٹھانا چاہا۔ وہ بلبلا کر مچلی پھر دھپ سے بیٹھ گئی۔ پنجاب کے دیہات میں چھ فٹ اونچا نوجوان کوئی خلاف معمول بات نہیں مگر اس مرد کے کاندھے غیر معمولی طور پر چوڑے تھے۔ ہاتھوں اور چہرے کی رگیں ابھری ہوئی، آنکھیں سرخ

انگارا، ناک جیسے عقاب کی چونچ، رنگ سیاہ، چوڑے اور مضبوط جبڑے، سر ایسے دکھائی پڑتا تھا جیسے گردن میں سے تراش کر بنایا گیا ہو۔ جوڑے پر رنگ برنگ کی جالی جس میں سے تین بڑے بڑے پھندنے نکل کر اس کی سیاہ ڈاڑھی کے پاس لٹک رہے تھے۔ کانوں میں بڑے بڑے مندرے، کالے رنگ کی چھوٹی سی پگڑی کے دو تین بل سر پر، بدن پر لانبا کرتا اور مونگیا رنگ کا دھاری دار تہبند اس کی ایڑیوں تک لٹکتا ہوا، گریبان کا تسمہ کھلا ہوا اور اس کے سینے پر گھنے بال نمایاں۔ اس کے ہاتھ میں ایک تیز اور چمکدار چھوی تھی۔ (ایک تیز خم دار ہتھیار جو لاٹھی کے سر پر چڑھایا جاتا ہے۔)

آتے ہی اس نے قریب ہی موجود رہٹ کے پاس چپ چاپ کھڑے بیلوں کو دھتکارا اور وہ چلنے لگے۔ اس نے جوتے اتارے، تہبند اوپر اٹھایا اور اپنے موٹے کڑے پیچھے ہٹا، پانی کی جھال کی طرف بڑھا۔ پہلے اس نے منہ ہاتھ دھویا، زور سے کھانسا پھر پانی پینے لگا۔

جب وہ پگڑی کے شملے سے منہ پونچھنے لگا تو ایک نوجوان دوشیزہ کو دیکھ کر ٹھٹک گیا۔ لڑکی نے پانی بھرنے کے لیے گھڑا اچھال کے نیچے کیا۔ اس کی گوری کلائی پر کچ کی کالی کالی چوڑیاں ایک چھن کی آواز کے ساتھ یکجا ہو گئیں۔ گلابی رنگ کی شلوار، چھینٹ کا گھٹنوں تک کا کرتا، سر پر دھانی رنگ کی ہلکی پھلکی اوڑھنی، کانوں میں چھوٹی چھوٹی بالیاں، جب اس نے اپنا نازک ہونٹ دانتوں تلے دبایا، گھڑا ایک جھٹکے کے ساتھ اٹھایا، کولھے پر رکھا تو اس کی کمر میں ایک دل نشین خم سا پیدا ہو کر رہ گیا۔ مرد نے پہلے ایک پاؤں اور لو (جہاں پانی گرتا ہے) سے باہر نکالا اور اسے جھٹک کر جوتا پہن لیا۔ پھر اپنے دوسرے پاؤں کو جھٹکا دیا اور دوسرا جوتا بھی پہن لیا تو وہ اپنی چھوی ہاتھ میں لیے ہوئے اروڑی پر کھڑا ہو گیا جہاں ایک سفید مرغی کے بہت سے پر پڑے تھے۔ پاس ہی کسی کے گھر کی

کچی دیوار تھی جس پر اُپلے رکھے تھے۔
جب لڑکی دیوار کے قریب سے گزرنے لگی تو مرد نے چھوی سے ایک اپلا نیچے گرا دیا۔ جو لڑکی کے پاؤں کے پاس جا کر گرا۔ اسی وقت اجنبی مرد نے اس کے پاؤں دیکھے جیسے سپید سپید کبوتر، تلووں کی ہلکی گلابی رنگت ایسے معلوم ہوتی تھی جیسے وہ پاؤں ابھی ابھی گلاب کی کلیاں روند کر چلے آ رہے ہوں۔ لڑکی نے اپنی لانبی پلکیں اٹھا کر اس کی طرف دیکھا، شاید اس نے اسے محض ایک راہ گیر سمجھا تھا مگر اس کی ڈراؤنی صورت دیکھ کر بڑی بڑی سرمگیں آنکھوں میں خوف کا سایہ دکھائی دینے لگا۔ مرد نے بھاری بھر کم اور کرخت آواز میں پوچھا:
"تو کون ہے؟"
لڑکی کی نظریں مرد کے چہرے پر جمی ہوئی تھیں۔ یہ پہلا موقع تھا کہ کسی شخص نے اسے اس قدر بے مروتی کے ساتھ مخاطب کیا۔ اس کے سرخ سرخ نازک ہونٹ پھڑکنے لگے جیسے کسی نے لال مرچیں ان پر چھڑک دی ہوں مگر مرد غیر معمولی طور پر بھیانک تھا۔
مرد نے اسی لہجے میں اپنا سوال دہرایا: "تو کون ہے؟"
لڑکی سمجھ نہ سکی کہ اس بات کا کیا جواب دے؟ اس نے اپنی حنائی انگلی اٹھا کر اشارہ کرتے ہوئے جواب دیا: "میں وہاں اس گھر میں رہتی ہوں۔"
مرد نے چبھتی ہوئی نظروں سے اس کی طرف دیکھا پھر اپنے چوڑے شانوں کو حرکت دے کر بولا:
"تیرا کیا نام ہے؟"
دوشیزہ کی آنکھیں پُر آب ہو گئیں، بولی: "گرنام۔"

"تو وہاں کس کے ساتھ رہتی ہے؟"

"میری ماں ہے، بے بے، ویر، چاچا، باپو سبھی رہتے ہیں۔"

"مجھے اپنے گھر لے چل۔" مرد نے اس کے ساتھ ساتھ قدم بڑھاتے ہوئے کہا۔

"مجھے تجھ سے ڈر لگتا ہے۔"

مرد کی پیشانی پر بہت سی تیوریاں پڑ گئیں، اس نے دلھن کی طرح آراستہ اپنی سانڈنی کی مہار پکڑ کر اپنی دانست میں ذرا نرم لہجے میں پوچھا:

"کیوں؟ کیا تم لوگ سکھ نہیں ہو کیا؟"

لڑکی کا چہرہ کانوں تک سرخ ہو گیا: "لیکن مجھے تم سے خوف معلوم ہوتا ہے۔"

"کیوں؟" مرد نے اجڈپن سے اصرار کرتے ہوئے پوچھا۔

لڑکی نے ایک لمحے کے لیے اس کی چمکدار آنکھوں کی طرف دیکھا پھر بولی: "تم ہنستے کیوں نہیں؟"

"ارے یہ بات؟" یہ کہہ کر اجنبی نے ایک خوف ناک قہقہہ لگایا جیسے کوئی پانی سے لبریز مٹکا زمین پر انڈیل دے۔ اس کے قہقہے کی آواز سن کر چمگادڑیں اپنی کمین گاہوں سے نکل کر پرواز کر گئیں۔

گرنام کا گھر گاؤں سے باہر دھریک کے درختوں کے جھنڈ کے پاس تھا۔ اس کی ممٹی تو بہت دور سے نظر آتی تھی۔ دروازے کے سامنے پہنچ کر اجنبی رک گیا اور گرنام نے اندر سے اپنے باپو اور بھائی کو باہر بھیجا۔ انھیں دیکھتے ہی اجنبی نے بلند آواز میں کہا: "واہ گورو جی کا خالصہ سری واہ گورو جی کی فتح۔"

"واہ گوروجی کا خالصہ سری واہ گوروجی کی فتح۔"

اجنبی کسی ہچکچاہٹ کے بغیر بولا: "میں دور سے آ رہا ہوں، رات زیادہ گزر چکی۔ میں آج یہیں ٹھہروں گا۔"

باپو درانتی اپنے پوتے کے ہاتھ میں دے کر اجنبی کو دیکھنے لگا۔ وہ بہت خوش اخلاق اور ملنسار شخص تھا مگر اجنبی کی بھیانک شکل اسے شش و پنج میں ڈالے ہوئے تھی۔ خیر اس نے رضامندی ظاہر کرتے ہوئے جواب دیا: "میں ہر طرح سے خدمت کے۔۔۔"

پیشتر اس کے وہ اپنا فقرہ پورا کر سکے، اجنبی سانڈنی لڑکے کے سپرد کر کے دروازے کے اندر داخل ہو چکا تھا۔

اگرچہ گھر کا کل سامان غریبانہ تھا مگر گوبر سے لپی ہوئی کچی دیواریں اس امر کا ثبوت تھیں کہ گھر کی عورتیں کاہل یا آرام طلب ہرگز نہیں۔ گھر کے سب افراد بیاہ والے گھر گئے ہوئے تھے، چار کے سوا۔

ڈیوڑھی سے نکل کر اجنبی صحن میں داخل ہو گیا۔ ایک بچہ سینے سے گلی ڈنڈا لگائے سو رہا تھا۔ صحن مویشیوں کے موت اور گوبر سے اٹا پڑا تھا۔ ایک طرف کھرلی کے پاس ایک بھینس جگالی کر رہی تھی۔ بھینس اور کھل کی سانی کی بو چہار جانب پھیلی ہوئی تھی۔ رسی پر میلے کچیلے کپڑے لٹک رہے تھے۔ ایک طرف خراس، دوسری طرف تنور اور اس کے پاس ہی دیوار سے ٹکا ہوا چھکڑے کا پہیا، یہ بڑے بڑے اپلے، کونے میں کپاس کی چھڑیاں، چولھے کے پاس جھوٹے برتنوں کا انبار، ایک کمرے سے سفید سفید چمکتے ہوئے برتن دکھائی دے رہے تھے۔ ساتھ ہی تاگے میں پروئے شلغم کے قتلے سوکھنے کے لیے

لٹک رہے تھے۔
صحن سے گزر کر بوڑھا باپو اجنبی کو دروازے سے باہر چھپر کے نیچے لے گیا۔ تھوڑی سی جگہ کے تینوں طرف ایک کچی دیوار اٹھا دی گئی تھی۔ سوکھے ہوئے اُپلے جو جلانے کے کام آسکتے تھے، اسی جگہ رکھے جاتے تھے۔ وہاں ایک چارپائی ڈال دی گئی۔ چار خانوں والا ایک کھیس اور اجنبی کے دل کی طرح سخت ایک عدد تکیہ اس پر رکھ دیا گیا۔

گرنام نے کپاس کی چھڑیوں کا ایک گٹھا تنور میں پھینکا اور خود آٹا گوندھنے لگی۔ جس وقت تنور میں روٹیاں لگانے لگی تو اس کی اوڑھنی سر سے سرک گئی۔ لانبی چوٹی کے رنگ برنگ کے پھندنے اس کی پنڈلیوں تک لٹک رہے تھے۔ دہکتے ہوئے تنور کی روشنی اس کے حسین چہرے پر پڑ رہی تھی اور اجنبی چپکے چپکے اسے دیکھ رہا تھا۔
شلغم کی ترکاری، ایک کٹورے میں شکر گھی، ڈیلوں کا اچار، دو بڑی بڑی پیاز کی گٹھیاں اور آٹھ چوڑی چوڑی روٹیاں تھال میں رکھ کر گرنام اسے دینے آئی۔
جب اجنبی نے اونچے سروں میں تین چار ڈکاریں لیں اور بڑے زور شور کے ساتھ منہ میں انگلی پھیر کر کلی کی تو گرنام کو معلوم ہو گیا کہ وہ کھانا ختم کر چکا ہے۔
وہ برتن اٹھانے لگی تو اس نے دیکھا کہ اجنبی کپڑے اتار رہا ہے۔ جب اس نے تہبند اتارا اور اسے جھاڑ کے تکیے کے قریب رکھنے لگا تو سونے کا ایک کنٹھا نیچے گر پڑا۔ گرنام ٹھٹک کر واپس جانے لگی تو اجنبی نے آہستہ سے پوچھا: "گرنام! بس جا رہی ہو کیا؟"
گرنام حسب معمول دل فریب طفلانہ انداز سے مسکرائی اور اوڑھنی سنبھالتی ہوئی آگے جھک کر آہستہ سے بولی: "سب لوگ سو جائیں تو میں آؤں گی۔"

اجنبی دور کھیتوں کی طرف دیکھ رہا تھا۔ شرینہہ اور ببول کے پیڑ سیاہ دیوؤں کی طرح خاموش کھڑے تھے۔ لنڈ منڈ بیریوں پر بیئوں کے گھونسلے لٹک رہے تھے۔ ایسے سنسان وقت میں تاروں بھرے آسمان تلے، کسی دور افتادہ رہٹ سے کسی نوجوان کے مسرت انگیز گانے کی ہلکی ہلکی آواز آ رہی تھی۔۔۔

باگے وچ کیلا ای

نکل کے مل بابو!

ساڈا اونجھنے دا ویلا ای

نکل کے مل بابو!

اتنے میں گرنام دبے پاؤں، شلوار کے پائنچے اٹھائے، نچلا ہونٹ دانتوں تلے دبائے، چپکے چپکے قدم ناپتی ہوئی آئی۔

تھوڑی دیر بعد دونوں میں گھل مل کر باتیں ہونے لگیں۔ اجنبی نے بہت سے سونے کے زیورات اور موتیوں کے ہار نکالے۔ قریب تھا کہ گرنام کے منہ سے حیرت اور مسرت کے مارے چیخ نکل جاتی مگر اجنبی نے ہونٹوں پر انگلی رکھ کر اسے خاموش رہنے کا اشارہ کیا۔

گرنام دیر تک مینا کی طرح چہکتی رہی، اِدھر اُدھر کی باتیں کرتی رہی مگر اس کا دھیان زیورات کی طرف تھا۔ آخر اس نے اپنی باتوں سے خود ہی اکتا کر ایک گہری سانس لی اور تکان کی آواز میں بولی: "کیوں تم یہ زیورات کہاں سے لائے ہو؟ میرے خیال میں تم جیب کترے تو نہیں، جیب کتروں، چوروں اور ڈاکوؤں سے مجھے سخت نفرت ہے۔ وہ جھٹ سے گلا دبا کر آدمی کو مار ڈالتے ہیں۔" یہ کہہ کر گرنام اپنی موٹی موٹی آنکھوں سے

خلا میں گھورنے لگی، جیسے سچ مچ کا کوئی قاتل اس کا گلا دبانے آرہا ہو۔

"مت گھبراؤ، تم بھی کیسی بچوں کی سی باتیں کرتی ہو۔ بھلا میرے ہوتے ہوئے تمھیں کس بات کا خطرہ؟ اٹھو یہاں میرے پاس چارپائی پر بیٹھ جاؤ۔"

گرنام اٹھ کر اس کے پاس بیٹھ گئی۔ اس نے اجنبی کے چوڑے شانوں کا جائزہ لیا اور پھر گویا تہ دل سے مطمئن ہو کر کہنے لگی: "تم کتنے اچھے ہو۔ یہ زیورات تو تم اپنی بیوی کے لیے لائے ہو گے نا؟"

"ہاں!"

گرنام نے اپنی ہتھیلی پر رخسار رکھتے ہوئے بڑے اشتیاق سے پوچھا: "تمھاری بیوی کیسی ہے؟"

"مگر میری تو ابھی شادی بھی نہیں ہوئی۔"

"اچھا تو ہونے والی بیوی کے لیے لائے ہو؟"

اجنبی نے اپنی ڈاڑھی کے کھردرے بالوں پر ہاتھ پھیرتے ہوئے کہا "ابھی تو مجھے یہ بھی معلوم نہیں کہ میری بیوی کون بنے گی؟ بنے گی بھی یا نہیں۔"

گرنام نے دونوں ہتھیلیوں پر ٹھوڑی رکھ کر آنکھیں جلد جلد جھپکاتے ہوئے ناک ذرا سکیڑ کر بھولے پن سے کہا: "ہاں، تم کالے ہو ذرا۔" اجنبی کے سینے میں جیسے کسی نے گھونسا مار دیا۔ مگر گرنام نہایت سنجیدگی سے کسی گہری سوچ میں ڈوب چکی تھی۔ شاید وہ اجنبی کے لیے بیوی حاصل کرنے کی ترکیب سوچ رہی تھی۔ تبھی وہ بولا "یہ زیور تم لے لو۔"

گرنام نے چونک کر اجنبی کی طرف دیکھا اور پوچھا: "پھر تم اپنی بیوی کو کیا دو گے؟"

اجنبی کو کچھ جواب نہ سوجھا، لڑکھڑاتی زبان میں بولا "پھر میں تم سے لے لوں گا۔"

گرنام کی آنکھیں چمکنے لگیں۔ اس کی باچھیں کھل گئیں۔ تالی بجا کر بولی "میں انھیں اُپلوں میں چھپا دوں گی۔ کبھی کبھی رات کو اچھے اچھے زیور پہن کر کھیتوں میں جایا کروں گی۔"

کچھ دیر سکوت کے بعد اجنبی نے کہا "گرنام، تم بھی تو مجھے کچھ دو۔"

گرنام نے دونوں ہاتھوں سے چہرہ چھپایا اور بولی "میرے پاس کیا ہے؟"

گرنام چہرے سے ہاتھ ہٹا کر کچھ دیر سوچتی رہی۔ پھر اس نے گلے سے کوڑیوں اور خربوزے کے رنگ برنگ کے بیجوں کا ہار اتار کر اجنبی کی طرف بڑھا دیا۔ وہ اپنا یہ حقیر تحفہ دیکھ کر جھینپ سی گئی اور اس کے رخسار دمکنے لگے۔

تھوڑی دیر بعد گرنام نے ایک انگشتری اٹھا کر کہا: "یہ میری انگلی میں پہنا دو۔ دیکھوں، کیسی لگتی ہے۔"

اجنبی نے اپنے کالے کالے، میلے کچیلے لمبے چوڑے ہاتھوں میں گرنام کا کنول سا ہاتھ لیا۔ گرنام نظریں جھکائے بچوں کی سی سادگی اور انہماک کے ساتھ انگوٹھی کی طرف دیکھ رہی تھی۔ زلفوں نے اس کے رخساروں کا ایک بڑا حصہ ڈھانپ رکھا تھا۔ اجنبی وارفتگی کے عالم میں اس کے خوب صورت سیپی جیسے پپوٹوں پر نظریں گاڑے ہوئے تھا۔ جب وہ لڑکی کی انگلی میں انگوٹھی پہنانے لگا تو اس کی اپنی انگلیاں لرزنے لگیں۔ اسے ایسا محسوس ہونے لگا، جیسے اس کی چار چار انگل چوڑی کلائیوں میں کل طاقت کشید کی جا

رہی ہو۔ گرنام چونکی اور سہمی ہوئی ہرنی کی طرح اٹھ کھڑی ہوئی:

"اماں کھانس رہی ہے۔ اب میں جاتی ہوں۔" اجنبی اپنے خواب سے چونکا۔ گرنام نے آگے جھک کر نقرئی آواز میں پوچھا: "جاؤں کیا؟"

اجنبی کی اجازت لے کر وہ زیورات کی پوٹلی بغل میں دبائے جھٹ اندر چلی گئی۔ علی الصباح گاؤں کے مویشی رات بھر کی گرمی سے گھبرا کر جوہڑ میں گھس پڑے۔ اجنبی جانے کے لیے تیار بیٹھا تھا۔ گرنام نے اسے ایک باسی روٹی پر مکھن اور چھنا لسی کا دیا۔ جب اجنبی کپڑے پہن کر تیار ہوا تو گرنام رونے لگی۔ اجنبی نے آہستہ سے کہا "روتی کیوں ہو؟"

"تم مجھے بہت اچھے لگتے ہو۔ تم مت جاؤ۔"

اجنبی ہنس پڑا "میں پھر آؤں گا۔"

باپو کو آتے دیکھ کر اس نے آنسو پونچھ ڈالے۔ وہ اجنبی کو رخصت کرنے کچھ دور تک اس کے ساتھ گیا۔ اس نے اجنبی سے پوچھا: "کیا میں اپنے معزز مہمان کا نام دریافت کر سکتا ہوں؟"

"ہاں!" اجنبی نے اپنی تیز نظریں اس کے چہرے پر گاڑ کر جواب دیا۔ پھر اس نے اپنی دھوپ میں چمکنے والی چھوی کی طرف فخریہ انداز سے دیکھتے ہوئے مزید کہا: "اور تمھیں یہ بھی معلوم ہونا چاہیے کہ اگر میرے نام کا ذکر اپنے یا بیگانے، کسی سے بھی کیا تو تمھارے خاندان کے سب افراد کے خون سے مجھے ہاتھ رنگنے پڑیں گے۔" بوڑھے کا چہرہ فق ہو گیا۔

اجنبی سانڈنی پر سوار ہوا اور مہار کو جھٹکا دے کر اپنی بھاری آواز میں بولا:

"آج رات جگاڈاکو تمھارا مہمان تھا۔"

جگاڈاکو، اصل میں سردار جگت سنگھ ورک وہ خوف ناک شخص تھا جس کا نام سن کر بڑے بڑے بہادروں کے چھکے چھوٹ جاتے تھے۔ قتل، غارت گری، ظلم، لوٹ مار اس کے ہر روز کے مشاغل تھے۔ لڑکپن اور شباب خون کی ہولی کھیلنے میں گزر گیا۔ بہت سی زمین کا مالک تھا۔ امرا پر ہاتھ صاف کرتا تھا۔ غریب خوش تھے۔ اس کے خلاف گواہی دینے کا کوئی شخص حوصلہ نہیں کر سکتا تھا۔ اب ۳۰ برس سے اوپر سن تھا۔ موت کے ساتھ کھیلتا ہوا سو جاتا اور موت کا مذاق اڑاتا ہوا جاگ اٹھتا۔ محبت، حسن، شفقت، نیکی وغیرہ کا اس کے نزدیک کچھ بھی مفہوم متعین نہیں تھا۔ دور دور تک اس کی دھوم تھی۔ علاقہ بھر اس سے تھراتا تھا۔ اس کا دل پتھر، بازو آہن، غصہ قیامت، ذہن شعلہ اور وہ خود قہر تھا۔

لوگوں نے اس کے نام پر کئی گانے بنا لیے تھے۔ نوجوان انھیں جھوم جھوم کر گایا کرتے۔ ایک واقعے کا ذکر یوں ہوتا ہے:

پکے پل تے لڑائیاں ہوئیاں، پکے پل تے
پکے پل تے لڑائیاں ہوئیاں تے چھویاں دے کل ٹٹ گئے۔۔۔ جگیا

یا پھر لائل پور میں جب اس نے زبردست ڈاکا ڈالا تھا اور بچ کر واپس بھی آگیا تھا۔ اس کا ذکر یوں ہوتا:

جگے ماریا لائل پور ڈاکا، جگے ماریا
جگے ماریا لائل پور ڈاکا تے تاراں کھڑک گیاں آپے

لیکن اب اس طویل، تاریک اور ہیبت ناک شب حیات میں ایک تارا طلوع ہوا تھا جس نے اس کی نظریں خیرہ کر دیں۔ اور وہ تارا تھی، گرنام!
گرنام بیچاری نادان چھوکری، اسے عشق و محبت کا پتا ہی نہ تھا۔ اسے لوگ کنکھیوں سے دیکھتے، وہ ہنس دیتی۔ اس کا جذبۂ پندارِ حسن و شباب کسی نے بھی صحیح طور پر متحرک کرنے کی کوشش نہیں کی تھی۔ ابھی اسے اتنا ہوش ہی نہ تھا کہ دیدہ دانستہ شکار کھیلے، بسملوں کا تڑپنا دیکھے اور اس لذت سے محظوظ ہو جو صیادوں کے لیے مخصوص ہے۔ وہ بھولی بھالی سادہ رو چھوکری یہ جانتی ہی نہیں تھی کہ وہ شاہین جسے زخمی کرنے کے لیے پنجاب کے شہزور نوجوانوں کی کمانیں ٹوٹ چکی تھیں اور جس پر جو بھی تیر پھینکا جاتا، وہ اسے چھو کر زمین پر گر پڑتا تھا، وہی شاہین اس کے غلط انداز تیر کا شکار ہو کر نیم بسمل اس کے پیروں کے پاس پڑا تھا۔ اور وہ تیر قدرت نے اس کی پلکوں میں پنہاں کر رکھ چھوڑا تھا۔

رات کی تاریکیوں میں جگا ان کے ہاں آتا اور سپیدۂ سحر نمودار ہونے سے پہلے ہی رخصت ہو جاتا۔ اس نے اپنے آپ کو ایک متمول زمین دار ظاہر کیا۔ باپو کے علاوہ گھر کے سبھی افراد اسے دھرم سنگھ کے نام سے جانتے تھے۔ گرنام کی کشش اسے کھینچ لاتی تھی۔ جگے کے دل میں خلش سی رہتی تھی کہ وہ اس فرشتے کو اپنانے سے پہلے خود کو

کیونکر اس کے قابل بنائے؟ اس نے کبھی اس سے محبت جتانے کی کوشش نہیں کی۔ وہ نہیں جانتا تھا کہ کیونکر اس کا آغاز کرے، وہ سوچتا تھا کہ نا معلوم اس کے اظہارِ محبت کرنے پر گرنام کیا رویہ اختیار کرلے؟

وہ اس کے پاس بیٹھی چہکتی رہتی اور وہ مبہوت سا بیٹھا سنا کرتا۔ کبھی کبھی اسے خود سے نفرت ہونے لگتی۔ صورت تو پہلے ہی اس کی مکروہ تھی مگر اس کی سیرت پر تو شیطان دامن میں منہ چھپاتا تھا۔ مگر گرنام تھی کہ اس نے کبھی اس سے اظہارِ نفرت نہیں کیا۔ وہ نہایت مہر و محبت کے ساتھ اس سے پیش آتی۔ اگر وہ اسے اپنے قریب بیٹھنے کے لیے کہتا تو بیٹھ جاتی۔ اگرچہ اس نے آج تک اسے چھونے کی جرأت نہیں کی تھی۔ گرنام کی فرشتہ سیرتی اس کے دل میں دھڑکا پیدا کردیتی۔ ملکوتی جمال اس کا سر، سرنگوں کردیتا۔ صرف اس کے دل کی بے چینی اور ضمیر کی ملامت بڑھ گئی۔ یہاں تک کہ لوگوں نے حیرت سے سنا کہ جگے نے ڈاکا زنی ترک کردی ہے۔

ڈیڑھ برس کا عرصہ آنکھ جھپکنے میں گزر گیا۔ جگا صبح و شام پاٹھ کرتا، غریبوں کو کھلاتا پلاتا، دان کرتا، گردوارے میں جاکر سیوا کرتا اور ہر کسی کے ساتھ نرمی اور حلیمی سے گفتگو کرتا۔

جگے نے باپو سے منت کی کہ گرنام کی شادی اس کے ساتھ کردی جائے۔ اس نے ڈاکا زنی ترک کردی ہے اور جو کچھ اس نے لوٹا، وہ سب بڑی توند والوں کا تھا۔ غریبوں کی کمائی کا ایک پیسہ اس کے پاس نہیں تھا۔ وہ اپنی بہت سی زمین اور روپیہ انھیں دینے کو تیار تھا اور باپو کو ہمیشہ بزرگ سمجھ کر اس کی خدمت کرے گا۔ لیکن گرنام کو یہ نہ معلوم ہونے

پائے کہ وہ جگا ڈاکو تھا اور نہ ہی اسے فی الحال اس بات کا علم ہونے پائے کہ اس کی شادی کس سے ہونے والی ہے۔ کیونکہ اسے یقین تھا کہ وہ اسے چاہتی تھی اور جب وہ اپنے پریتم کو یک بیک اپنا خاوند دیکھے گی تو اس کی حیرت کی انتہا نہ رہے گی۔ باپو نے سب کچھ منظور کر لیا۔

جگا بھیکن سے چودہ کوس پرے رہتا تھا۔ اس کی آمد و رفت کی خبر کسی کو کانوں کان نہ ہوتی تھی۔ لوگوں نے اس اجنبی کو کبھی کبھار ان کے گھر سے نکلتے دیکھا تھا مگر کسی نے کوئی خاص توجہ نہ دی کیونکہ اول تو آتا ہی کبھی کبھار تھا اور دوسرے وہ راتوں رات واپس بھی چلا جاتا۔ وہ ہمیشہ اپنی بڑھی ہوئی مصروفیتوں کا بہانہ کر دیتا۔ جگے کو دنیا جانتی تھی مگر اسے کوئی نہیں پہچانتا تھا، جگے کو شادی کی منظوری مل ہی چکی تھی۔ اب وہ چاہتا تھا کہ گرنام کی زبان سے بھی عشق کا اقرار کروا لے۔ خواہ اسے یہ نہ بتائے کہ اس کا ہونے والا خاوند وہی تھا۔

ایک دن غروب آفتاب کے بعد وہ بھیکن میں داخل ہوا۔ گھر پہنچ کر پتا چلا کہ گرنام ساتھ والے گاؤں میں جلاہوں کو سوت دینے گئی ہوئی تھی۔ جگے نے آئینے میں اپنی صورت دیکھی۔ پگڑی ذرا کج کی، شملہ ذرا اور بلند کیا پھر سب کی نظریں چرا کر چراغ میں سے سرسوں کا تیل ہتھیلی پر الٹا اور اسے اپنی گھنی اور کھردرے بالوں والی گرد آلود ڈاڑھی پر اچھی طرح مل لیا۔ پھر وہ مونچھوں کو بل دیتا گھر سے نکلا اور آہستہ آہستہ ٹہلتا ہوا پانچ فرلانگ تک چلا گیا۔

ہر طرف دھند سی چھائی ہوئی تھی۔ چاند کی ملگجی روشنی میں وہ ایک بھوت کے مانند

دکھائی پڑتا تھا۔ دور سے اُسے ایک صورت دکھائی دی۔ اس نے غور سے ٹکٹکی باندھ کر دیکھا۔ کوئی عورت تھی اور یقیناً تھی بھی گرنام۔ جگا اصیل مرغ کی طرح تن کر کھڑا ہو گیا۔ گرنام قریب آتے ہی مسکرادی لیکن مسکراہٹ میں کچھ متانت جھلکتی تھی۔ سر پر ایک بھاری گٹھڑی تھی، بولی: "میری تو گردن ٹوٹ گئی۔"

"اس گٹھڑی میں کیا بھر لائی ہو؟" یہ کہتے ہوئے جگے نے ایک ہاتھ سے من بھر کا بوجھ اس کے سر سے یوں اٹھایا جیسے کوئی دو سال کے بچے کو ٹانگ پکڑ کر اٹھا دے۔

"اُپلے اور کیا ہوتا؟" گرنام نے اپنی ناک سکیڑ کر کہا: "آ رہی تھی، تو راستے میں اپلے چننے لگی، یہاں تک کہ شام ہو گئی۔" دونوں کھیت کی مینڈھ پر بیٹھ کر باتیں کرنے لگے۔

آج جگے نے گرنام کی طرف دیکھا تو اس کے دل میں عجیب عجیب خیالات پیدا ہونے لگے۔ وہ اپنی ہونے والی بیوی کی طرف بڑے غور سے دیکھ رہا تھا۔ اس کے ہاتھ کی پکی روٹیوں اور ساگ کا تصور اسے بے چین کیے دیتا تھا۔ کبھی تو اس کے دل میں آتی کہ سارا بھید کھول دے اور کبھی سوچتا کہ ہرگز نہ بتائے۔ آخر اس سے نہ رہا گیا کیونکہ گرنام کچھ افسردہ سی ہو رہی تھی۔ "گرنام!" یہ کہتے کہتے رال اس کی ڈاڑھی پر ٹپک پڑی، اس نے آستین سے پونچھا، پھر بولا "گرنام! میں تمھیں ایک خوشخبری سنانا چاہتا ہوں۔"

گرنام نے کچھ جواب نہیں دیا۔ وہ اپنے پاؤں کے انگوٹھے سے زمین کریدنے میں مصروف اور گہری سوچ میں تھی۔ اگرچہ وہ پہلے سی شوخ اور الھڑ نہیں رہی تھی مگر جگے سے کافی مانوس تھی۔ اسی لیے اس سے زیادہ شرماتی بھی نہیں تھی۔ جگے کو کچھ الجھن سی ہونے لگی۔ اس نے اس کا شانہ ہلا کر پوچھا: "کیوں گرنام! کس سوچ میں ہو؟"

گرنام پہلے تو چونکی۔ پھر اس نے دھیرے سے کہا: "میں بہت پریشان ہوں۔ میں بہت دنوں سے چاہتی تھی کہ تمھیں سب حال سناؤں لیکن۔۔۔"

"لیکن کیا؟"

"شرم آتی تھی۔" گرنام نے کچھ جھینپ کر جواب دیا۔

جگا کچھ کچھ تاڑ گیا۔ مونچھ کے نیچے مسکرا کر بولا: "ارے مجھ سے شرم کیسی؟"

گرنام چپ رہی۔ جگا کھسک کر اس کے قریب ہو گیا۔ بار بار اصرار کرنے پر گرنام نے بتایا: "وہ میری شادی کرنا چاہتے ہیں۔"

"تو اس میں پریشانی کی کیا بات ہے؟ شادی تو سبھی کی ہوتی ہے۔"

گرنام کی آنکھوں میں آنسو آ گئے۔ بھرائی ہوئی آواز میں بولی: "وہ کسی روپے پیسے والے شخص سے میرا بیاہ کرنا چاہتے ہیں جسے میں نے دیکھا بھی نہیں۔ مگر میں کسی اور سے۔۔۔" یہ کہہ کر وہ رو پڑی۔

جگے نے اٹھا شملہ چھو کر دیکھا کہ وہ نیچے تو نہیں جھک گیا؟ پھر سینہ پھلا کر کہا: "نہیں گرنام! جسے تم چاہو گی اسی سے تمھاری شادی ہو گی۔ میں باپو کو خود سمجھاؤں گا۔۔۔ ہاں۔۔۔ مگر وہ ہے کون؟" جگے کی آنکھیں مارے خوشی کے چمک رہی تھیں۔ گرنام نے اس کے سینے پر سر رکھ دیا اور پھوٹ پھوٹ کر رونے لگی۔ آج اسے اس کے چوڑے شانے اور صندوق جیسا سینہ چھو کر یک گونہ تسکین حاصل ہو رہی تھی۔ جگا گھبرا گیا۔ اس نے اسے چمکارا، دلاسا دیا اور پھر اس شخص کا نام پوچھا۔

گرنام نے کچھ کہنا چاہا۔ پھر رک گئی اور زور زور سے رونے لگی۔ جگے نے تسکین دی تو وہ

بولی:

"تم ضرور میری مدد کرو گے۔ میں ان سب کے ہاتھوں سخت بیزار ہوں۔ تم بہت اچھے ہو۔ اس کا نام۔۔۔"

جگے کا دل بلیوں اچھلنے لگا۔

"اس کا نام ہے دلیپ۔۔۔ دلیپ سنگھ۔"

جگے کو سانپ نے ڈس لیا۔ اس کا چہرہ یکایک بھیانک ہو گیا۔

"دلیپ سنگھ اس کا نام ہے؟" گرنام نے دہرایا۔

جگے کی مونچھیں لٹکنے لگیں۔ پیشانی پر بل پڑھ گئے۔ جسم کے رونگٹے کانٹوں کی طرح کھڑے ہو گئے۔ آنکھوں سے چنگاریاں نکلنے لگیں۔ گردن کی رگیں پھول گئیں۔ گرنام نے حیرت سے اس کی طرف دیکھا۔

"گھر جاؤ۔" اس نے بھاری آواز میں کہا۔ یہ کہہ کر وہ اٹھ کھڑا ہوا: "تم فوراً واپس چلی جاؤ۔" اس نے کرخت لہجے میں گرج کر کہا۔

گرنام چپ چاپ حیرت کے ساتھ اٹھی اور گٹھڑی سر پر رکھ کر گھر کی طرف چل دی۔ جگا اسی طرح کھڑا ہوا تھا۔ اس کا چہرہ لحظہ بہ لحظہ بھیانک ہوتا جا رہا تھا۔ عقاب کی چونچ نما ناک سرخ ہو گئی۔ آنکھیں خون آلود ہو کر رہ گئیں اور چہرے سے بربریت ٹپکنے لگی۔ معاً اس نے خنجر نکالا اور اسے مضبوطی سے ہاتھ میں پکڑ لیا۔ دانت پیستے ہوئے آہستہ سے بولا:

"دلیپ سنگھ؟۔۔۔"

اب موت کا فرشتہ دلیپ سنگھ کے سر پر منڈلانے لگا۔

خونی پل علاقہ بھر میں مشہور تھا۔ یہ پل ایک چھوٹی سی نہر پر واقع تھا۔ نہر کے دونوں کناروں پر شیشم کے بہت ہی گھنے پیڑ تھے۔ وہاں نہ تو سورج کی دھوپ پہنچ سکتی تھی، نہ چاند کی چاندنی۔ پل بڑے اور بھدے پتھروں سے تعمیر کیا گیا تھا۔ اس کے نیچے صرف ایک کوٹھی تھی اور پانی دو حصوں میں تقسیم ہو کر بہتا تھا۔ رات کے وقت یہ دو بڑے بڑے منہ ایسے دکھائی پڑتے جیسے دو منہ والا کوئی دیو انسانوں کو ہڑپ کر لینے کے لیے منہ کھولے بیٹھا ہو، یا جیسے کسی مردے کی دو بڑی بڑی آنکھیں، جن کی پتلیاں کوے نوچ کر کھا گئے ہوں۔ قریب ہی ایک قبرستان تھا اور کچھ فاصلے پر مرگھٹ۔ رات کے وقت کوئی شخص ادھر سے گزرنے کی جرأت نہیں کر سکتا تھا کیونکہ اس پل پر اتنے قتل ہو چکے تھے کہ اس کا نام ہی خونی پل رکھ دیا گیا۔ نوجوان لڑکیاں اور بچے تو دن کے وقت بھی اکیلے ادھر نہ آتے تھے۔ مشہور تھا کہ وہاں ایک سر کٹا سید رہتا تھا۔ کبھی کبھی اس کا سر تو پل کے نیچے دل دوز چیخیں مارا کرتا اور وہ خود سر کے بغیر نہایت اطمینان کے ساتھ قبرستان میں ٹہلا کرتا تھا۔

نصف رات گزر چکی تھی۔ دلیپ سنگھ شہر سے واپس آ رہا تھا۔ چھوٹے سے گدھے پر دو بوریوں میں سامان تھا۔ وہ سنار کا کام کرتا تھا اور پنساری کی دکان بھی۔ اس کی تیار کردہ گل قند خوب بکتی تھی۔ وہ نوجوان تھا۔ خوش رو، خوش وضع، مسیں ابھی بھیگ ہی رہی تھیں، گالوں اور ٹھوڑی پر بالکل چھوٹے چھوٹے بال جیسے زعفران، آنکھیں شربت سے

لبریز کٹورے، سر پر اس وقت لنگی باندھے ہوئے تھا۔ اس کا ایک چھوٹا سا شملہ نیچے کی جانب لٹکتا ہوا اور دوسرا اوپر کی طرف اٹھا ہوا! الغوزہ خوب بجاتا تھا۔ جب رانجھا ہیر کی شادی کے بعد اس کے ہاں بھیک مانگنے جاتا ہے، تو یہ واقعہ وارث شاہ کی ہیر سے بڑے دردناک لے میں گایا کرتا تھا۔ بلکہ اس میں دور دور تک اپنا ثانی نہیں رکھتا تھا۔

دلیپ طاقتور اور دلیر نوجوان تھا مگر خونی پل کا نظارہ اور پھر اس کے ساتھ وابستہ خونی روایات وہ جگہ اور بھی بھیانک بنا دیتی تھیں۔ رات کی تاریکی میں شیشم کے گھنے درختوں کے تلے نہر کے سسک سسک کر بہنے والے پانی کی آواز سن کر اس کے دل کو کوفت سی ہونے لگی۔ اس نے ذرا بلند آواز میں چھیئ گانا شروع کر دیا۔ تاریکی اور خاموشی میں اپنی آواز سن کر اسے تسکین ہوئی۔ اس کا گدھا پل سے پار ہو چکا تھا۔ وہ عین پل کے درمیان میں تھا۔ دل میں شاداں تھا کہ اچانک کسی شے کی چبھن محسوس ہوئی۔ جیسے کوئی اس کا کرتا پکڑے پیچھے کی طرف کھینچ رہا ہو۔ اس نے گھوم کر دیکھا۔ ایک دیو ہیکل مرد پل کی دیوار سے چپکا ہوا تھا۔ اس نے اپنی چھوی پیچھے سے دلیپ کی قمیص میں اڑا دی تھی۔ اس کی آنکھیں انگاروں کی طرح دہک رہی تھیں۔

"تم کون ہو؟" دلیپ نے ہمت کر کے بلند آواز میں پوچھا۔

"ادھر آ۔" بھاری اور تحکمانہ آواز آئی۔

دلیپ اس کی طرف بڑھا۔ یکا یک اس نے اجنبی کو پہچان لیا۔ بولا:

"مجھے ایسا معلوم پڑتا ہے کہ میں نے تمھیں کہیں دیکھا ہے۔ کیا تم وہی شخص نہیں جس نے تین سال پہلے چند اشخاص سے لڑتے وقت میرا ساتھ دیا تھا؟ ہاں شاید وہ ننکانہ صاحب کا میلہ تھا۔ تبھی کا واقعہ ہے اور تم نے دو آدمی جان سے بھی مار ڈالے تھے؟"

"بے شک میں وہی ہوں لیکن میں نہیں جانتا تھا کہ تیرا نام دلیپ سنگھ ہے۔ میں تجھے ایک اجنبی اور نو عمر چھوکرا سمجھ کر تیرا مددگار بنا تھا اور قتل تو میں نے بہت کیے ہیں، اسی پل پر گیارہ آدمی قتل کر چکا ہوں اور آج مجھے بارھواں قتل کرنا ہے۔"

دلیپ کو اس کے اجڈپن پر تعجب ہوا، بولا "میں نہیں جانتا تمھاری مجھ سے کیا دشمنی ہے؟ تم تو میرے محسن ہو۔"

"تو گرنام سے محبت کرتا ہے جو صرف میری ہے۔ مجھے یہ بھی معلوم ہوا ہے کہ تو نے شنگارا سنگھ کو اسی پل پر زخمی کیا تھا۔ آج تیرا میرا فیصلہ ہو گا۔"

یہ کہہ کر اجنبی نے چھوی ہاتھ سے رکھ دی، اور اس کی طرف بڑھا اور بولا "اور میں چاہتا ہوں کہ تو ایک مرد کی طرح میرے مقابل آجائے۔"

دلیپ پس و پیش کر رہا تھا۔ اس نے کہا "میں اپنے محسن سے لڑنا پسند نہیں کرتا۔"

اجنبی نے گرج کر جواب دیا "تو بُزدل ہے۔ یہ عورتوں کی طرح گلے میں ریشمی رومال لپیٹ کر گھومنا اور بات ہے اور کسی مرد کے ساتھ دست پنجہ لڑانا کچھ اور بات! اگر تو واقعی اپنے باپ ہی کے تخم سے ہے تو میرے سامنے آ۔" یہ کہہ کر اس نے اس کے منہ پر تھوکا۔

دلیپ کو غیرت آگئی۔ وہ شیر کی طرح بپھر گیا۔ دلیپ نے وہ ڈنڈا اس کے منہ پر دے مارا جو گدھا ہانکنے کے لیے ہاتھ میں لیے ہوئے تھا۔ لیکن اجنبی نے وار روکنے کی کوشش نہیں کی۔ دلیپ نے دوسری ضرب اس کے کان پر رسید کی، ڈنڈا ٹوٹ گیا۔ اس کی پیشانی اور کان سے خون بہنے لگا۔ دلیپ جوش میں تھا، اس نے پوری قوت کے ساتھ

ایک مکا اس کے منہ پر رسید کیا جس سے جبڑا اپنی جگہ سے ہٹ گیا اور منہ بگڑ گیا مگر اجنبی نہایت سکون کے ساتھ کھڑا رہا۔ اس وقت اس کی پیشانی سے خون بہ بہ کر اس کی ڈاڑھی تر کر رہا تھا۔ ایک کان کا اوپر والا حصہ ٹوٹ کر لٹک رہا تھا اور اس میں سے خون کی دھار چھوٹ رہی تھی۔

منہ ٹیڑھا ہو جانے کی وجہ سے اس کی صورت اور بھی بھیانک ہو رہی تھی مگر وہ حیرت انگیز طور پر مطمئن تھا۔ پھر اس نے دلیپ کی آنکھوں میں آنکھیں ڈال کر اپنی گہری اور بھاری آواز میں کہا: "اس طرح نہیں دلیپ! تم ابھی محض بچے ہو۔ لیکن جگا کوئی طفلانہ حرکت کرنا نہیں چاہتا۔" یہ کہہ کر اس نے ایک گھونسا اپنے منہ پر دیا اور اس کا جبڑا عین اصل جگہ آ گیا۔ دلیپ جگے کا نام سن کر خوف زدہ ہو گیا۔ جگا اپنی چھوی پکڑ کر بولا:

"تیرے پاس چھوی ہے؟"

"نہیں۔"

"تلوار ہے؟"

"نہیں۔"

"صفاجنگ؟"

"نہیں۔"

"مگر لاٹھی تو ہے، وہ تیرے گدھے کی پیٹھ پر بوری میں ٹھنسی ہوئی ہے۔" دلیپ تعجب کے مارے چپ چاپ کھڑا تھا۔ "جا!" اجنبی نے پکار کر کہا:

"لاٹھی لے آ۔ میں نے سنا ہے کہ تو علاقے بھر میں سب سے زیادہ تیز دوڑنے والا جوان ہے لیکن میں امید کرتا ہوں کہ تیری غیرت تجھے ایک بزدل کی موت ہرگز نہیں مرنے

دے گی۔"

دلیپ بہادر تھا مگر اس قسم کے شخص سے آج تک اس کا پالا نہیں پڑا تھا۔ جگے نے چھوی اتار کر علیحدہ رکھ دی اور صرف لاٹھی اٹھالی۔ وہ دونوں پھر ایک دوسرے کو للکارتے میدان میں کود پڑے۔ ان کی للکار سن کر پرندے گھونسلوں میں پھڑپھڑانے لگے۔ گیدڑوں نے ہوا ہوا ہو کا شور بلند کیا۔ چاروں طرف گرد ہی گرد نظر آنے لگی۔
لاٹھی سے لاٹھی بج رہی تھی۔ دلیپ ہلکا پھلکا، چست و چالاک، نو آموز اور نوجوان چھوکرا، بجلی کی طرح بے چین، جوڑ جوڑ میں پارہ۔۔۔ جگا بھاری بھرکم، قوی ہیکل، کہنہ مشق دیو۔ موٹا ہونے کے باوجود اب بھی جس وقت سرک لگاتا، تو ایسا معلوم پڑتا جیسے سطح آب پر ٹھیکری پھسلتی ہوئی چلی جارہی ہو۔ دلیپ نے داؤ لگا کر پہلا وار کیا۔ جگا اسے خالی دے کر چلایا "ایک۔"
دلیپ نے پھر وار کیا۔ جگا اسے بچا کر گرجا "دو۔"
دلیپ نے تیسرا وار کیا۔ جگے نے اسے بھی روکا اور کڑکا "تین!" یہ کہہ کر وہ آگے کی طرف لپکا: "او سنبھل بے چھوکرے، اب جگا وار کرتا ہے۔"

پسینے کی وجہ سے دلیپ کے ہاتھ سے لاٹھی چھوٹ گئی۔ وہ فوراً چھرا لے کر جھپٹا۔ جگے نے ایک لات اس کے پیٹ میں رسید کی اور وہ لڑکھڑاتا ہوا پل کی دیوار سے ٹکرا کر گر پڑا۔ اب جگے کے لبوں پر خونی مسکراہٹ پیدا ہوئی۔ اس نے ایک وحشی بھیڑیے کے مانند حلق سے خوف ناک آواز نکالی پھر دونوں ایڑیاں اٹھا کر آگے کی طرف

اُچک کر بھرپور وار کیا۔ دلیپ نے چھرا سنبھالا اور چیتے کی مانند تڑپ کر ہوا میں جست کر گیا مگر کہنہ مشق استاد کا وار اپنا کام کر گیا۔ شاید پہلی صورت میں یہ وار اس کا سر توڑ دیتا اور لاٹھی اس کے سینے تک پہنچ جاتی مگر اب بھی لاٹھی کافی زور کے ساتھ سر پر پڑی۔ سر پھٹ گیا اور وہ تڑپ کر بارہ سنگھے کے مانند نہر کے کنارے پر جا گرا۔ کچھ دیر تک تڑپتا رہا پھر سرد پڑ گیا۔

گرم گرم خون بہہ کر نہر میں ملنے لگا۔ نہر کے پانی کی کل کل کی آواز ایسی معلوم پڑتی تھی جیسے خونی پل قہقہے لگا رہا ہو۔ قبرستان میں بوسیدہ قبروں کے روزنوں سے ہوا سسکیاں لیتی ہوئی چل رہی تھی۔ زرد چاند بدلی سے نکل آیا تھا مگر اس کی شعاعیں شیشم کے گھنے پتوں میں الجھ کر رہ گئیں۔

جگے نے نہایت اطمینان کے ساتھ اپنی خون آلود پیشانی صاف کی۔ منہ ہاتھ دھویا، کان پر پگڑی پھاڑ کر پٹی باندھی۔ دلیپ کے سینے پر ہاتھ رکھ کر دل کی حرکت سننے کی کوشش کی۔ پھر چھوی اٹھائی اور دلیپ کو پیٹھ پر لاد کر کھیتوں کی طرف چل کھڑا ہوا۔

اس واقعے کے پچیس دن بعد۔۔۔ دیہات میں شام ہوتے ہی خاموشی طاری ہو جاتی ہے۔ خصوصاً سردیوں میں تو لوگ فوراً اپنے گھروں میں گھس بیٹھتے ہیں۔ گرنام کے ہاں سبھی لوگ اپنے اپنے کاموں سے فراغت پا کر بڑے کمرے میں بیٹھے تھے۔ عورتیں چرخا کات رہی تھیں، بڑے بوڑھے باتوں میں مشغول تھے اور بچے شرارتوں میں مصروف۔ اتنے میں جگا اندر داخل ہوا۔

شاید ڈیڑھ برس بعد آج پھر اس کے مضبوط ہاتھ میں چھوی چمک رہی تھی۔ سب نے

اسے دیکھ کر اظہارِ مسرت کیا۔ گرنام حیرت سے اس کی جانب دیکھنے لگی۔ بے بے نے اسے بیٹھنے کو کہا مگر اس نے بتایا کہ اس کی ڈاچی (سانڈنی) باہر کھڑی ہے اور اسے جلد واپس جانا ہے۔ چند لمحوں کے لیے اس نے سکوت کیا۔ پھر نہایت مختصر اور فیصلہ کن انداز میں کہنا شروع کیا "میں آپ لوگوں سے صرف یہ بات کہنے آیا ہوں کہ آپ گرنام کی شادی جس شخص سے کرنا چاہتے ہیں، وہ ہر گز ہر گز نہیں ہو سکتی۔ بلکہ اس کی شادی اسی شخص سے ہو گی جس سے میں چاہوں گا۔"

سب لوگ حیران تھے کیونکہ وہ جانتے تھے کہ گرنام کا ہونے والا خاوند وہ خود تھا۔ مگر چونکہ انھیں یہ راز پوشیدہ رکھنے کی سخت تاکید کی گئی تھی اس لیے وہ خاموش رہے۔ "اور وہ شخص یہ ہے۔" یہ کہہ کر اس نے دروازے کی طرف دیکھا اور دلیپ اندر داخل ہوا۔ ہر شخص پر حیرت زدہ خاموشی طاری ہو گئی۔ گرنام نہ معلوم کس دنیا میں پہنچ گئی۔ اسے شرما جانا چاہیے تھا مگر وہ اٹھ کر اس کے قریب آ گئی۔

جگے نے دلیپ کے کان میں کہا:

"اگر گرنام کو مجھ سے محبت ہوتی تو تم آج زندہ نظر نہ آتے دلیپ! تم مرد ہو۔ میں نے اچھی طرح تمھیں آزما کر دیکھ لیا ہے۔ میں چاہتا تو تمھیں قتل کر ڈالتا مگر مردوں سے مجھے محبت ہے۔ اب جبکہ تمھاری گرنام تمھارے سپرد کر رہا ہوں، امید کرتا ہوں کہ تم میرا راز ظاہر نہیں کرو گے۔"

دلیپ نے تشکر آمیز نظروں سے اپنے محسن کی طرف دیکھا۔ جگا بلند آواز میں بولا "باپو،

اماں، بے بے! میں ان کی شادی کے لیے ضرورت سے کہیں زیادہ روپیہ دوں گا اور انھیں بہت سی زمین بھی دوں گا۔"

باپو اصل قصہ بھانپ گیا لیکن سب کو زیادہ تعجب اس بات پر تھا کہ دلیپ زندہ کیونکر ہو گیا؟ مشہور ہو چکا تھا کہ دلیپ کو ڈاکوؤں نے خونی پل پر قتل کر دیا ہے۔ دلیپ نے قصہ گھڑ کر سنا دیا کہ خونی پل پر ڈاکوؤں نے اسے گھیر لیا تھا، اس لڑائی میں وہ سخت زخمی ہوا اور قریب تھا کہ ڈاکوؤں کے ہاتھوں قتل ہو جاتا کہ سردار دھرم سنگھ وہاں پہنچ گئے۔ وہ اس قدر تندی سے لڑے کہ ڈاکوؤں کے چھکے چھوٹ گئے اور انھیں بھاگتے ہی بنی۔ پھر وہ اسے اپنے گھر لے گئے اور تیمار داری کرتے رہے۔

جگے کی مونچھوں کے نیچے لبوں پر ایک تلخ مسکراہٹ پیدا ہوئی۔ گرنام کی آنکھوں میں آنسو آ گئے۔ وہ مسحور ہو کر آگے بڑھی۔ اس نے جگے کا بھدا ہاتھ اپنے کنول ایسے ہاتھوں میں لے لیا۔ پہلے اس نے جگے کے بلند سینے اور اس کے غیر معمولی طور پر چوڑے شانوں کا جائزہ لیا پھر گویا مطمئن ہو کر بھرائی ہوئی آواز میں بولی "تم کتنے اچھے ہو۔۔۔ تم یہیں ہمارے پاس رہا کرو۔"
قریب تھا کہ جگا چیخیں مار کر رو پڑے مگر جلدی سے پگڑی کے شملے میں منہ چھپا بگولے کی طرح دروازے سے باہر نکل گیا۔

شادی ہو گئی۔ کچھ عرصے بعد رات کے وقت گرنام باپو کے ساتھ گھر سے باہر کریلے کی

بیل کے پاس کھڑی تھی۔ معاً دور سے غبار اٹھا، کچھ سانڈنی سوار نمودار ہوئے، ان کی سجی سجائی سانڈنیاں، مردانہ اور دیو پیکر صورتیں اور چمکتی ہوئی چھویاں عجب منظر پیش کرتی تھیں۔ ان کا سالار تو غیر معمولی طور پر چوڑا چکلا شخص تھا۔ گرنام اسے دیکھتے ہی چلا اٹھی "باپو! وہ کون لوگ ہیں؟ یہ سب سے آگے والا شخص تو دھرم سنگھ دکھائی پڑتا ہے۔"

"نہیں بیٹی نہیں، وہ دھرم سنگھ نہیں۔" یہ کہہ کر اس نے اپنی پوتی کا سر سینے سے لگایا۔ پھر ببول کے درختوں کے جھنڈ میں غائب ہوتے ہوئے سانڈنی سواروں کی طرف خواب ناک نظروں سے دیکھتے ہوئے بڑبڑایا:

"آج جگا ڈاکو ڈاکا ڈالنے جا رہا ہے"۔

☆☆☆

سزا

یہ کہانی پنجاب کے ایک گاؤں سے وابستہ ہے۔ چھوٹا سا گاؤں تھا۔ دو ایک حویلیوں کو چھوڑ کر باقی تمام مکانات گارے کے بنے ہوئے تھے۔ وہی جوہڑ، وہی ببول، شریںہہ اور بیریوں کے درخت، وہی گھنے پیپل کے تلے رواں رواں کرتے ہوئے رہٹ، وہی صبح کے وقت کنوؤں پر کنواریوں کے جمگھٹ، دوپہر کے وقت بڑے بوڑھوں کی شطرنج اور چوپڑ، شام کو نوجوانوں کی کبڈی اور پر سکوت راتوں میں وارث علی شاہ کی ہیر، ہیر اور قاضی کے سوال وجواب، وہی مضبوط، نٹ کھٹ اور چنچل چھوکریاں اور وہی سیدھے سادے بلند قامت اور وجیہہ نوجوان۔۔۔

شام ہو چکی تھی۔ گھر میں پکانے کے لیے کوئی چیز نہ تھی۔ اس لیے جیت کور پیسہ آنچل میں باندھ کر دال لینے کے لیے گھر سے باہر نکلی لیکن چار قدم چل کر رک گئی، سامنے پیپل کے نیچے مگدر کے قریب پھمن سنگھ چارپائی پر بیٹھا مونچھوں کو بل دے رہا تھا۔ جیت کور جانتی تھی کہ جب وہ اس کے پاس سے گزرے گی تو وہ اسے بغیر چھیڑے ہرگز نہ رہے گا۔ لہٰذا اس نے سوچا کہ بجائے دال کے کسی کھیت سے ساگ لے آتی ہوں۔ اس طرح وہ پیسہ چھوٹا بھائی چنن خرچ کر لے گا۔ آج دوپہر بھر وہ کھانڈ کی رنگ دار گولیوں کے لیے روتا رہا تھا۔ یہ سوچ کر وہ کھیتوں کی طرف چل دی۔

سورج غروب ہو رہا تھا۔ ببول اور گنوں کے سائے طویل ہوتے جا رہے تھے۔ جیت کور چھوٹی چھوٹی کانٹے دار جھاڑیوں سے شلوار بچاتی ہوئی چلی جا رہی تھی۔ جامن کے قریب بیروں کی جھاڑیاں تھیں، اس نے تھوڑے سے بیر چنن کے لیے توڑ لیے، پھر آگے بڑھی۔ اس کے چہرے سے افسردگی اور غصہ کے آثار ہویدا تھے۔ اس وقت وہ پھمن سنگھ کی بابت سوچ رہی تھی۔ آخر پھمن سنگھ اسے کیوں دِق کرتا ہے۔ اگر اور نہیں تو سمتری اس سے کم حسین تو نہ تھی۔ وہ اسے کیوں نہیں چھیڑتا؟ لیکن سمتری کے تین جوان بھائی تھے۔ اگر کوئی اس کی طرف انگلی بھی اٹھائے تو وہ اس کا خون پی جائیں۔ یہ خیال آتے ہی اسے اپنا بھائی یاد آگیا۔ تین سال پہلے جب کہ اس کی عمر پندرہ برس کی تھی، اس کا بھائی گھر سے کھانا کھا کر کنویں پر گیا۔ جہاں اس نے تربوز کھالیا اور شام تک ہیضہ سے مر گیا۔

اس کا بھائی گاؤں بھر میں سب سے زیادہ دراز قد تھا۔ اس کا سینہ ایسا تھا جیسے کسی بڑی چکی کا پاٹ۔ ایک بالشت اونچی اور موٹی گردن۔ چوڑے چکلے مضبوط ہاتھ۔ کلائی پکڑنے اور کبڈی کھیلنے میں دور دور تک کوئی اس کی برابری کا دعویدار نہ تھا۔ ایک دفعہ کبڈی میں اس نے تھپڑ مار کر اپنے حریف نوجوان کی ہنسلی کی ہڈی توڑ دی تھی۔ یہ باتیں یاد کر کے جیت کور کی آنکھوں میں آنسو آگئے، بھلا آج اس کا بھائی زندہ ہوتا تو کیا پھمن سنگھ کی ہمت پڑ سکتی تھی کہ اس سے چھیڑ خانی کرے۔ کل ہی کی تو بات ہے کہ اس بدمعاش نے اس کا آنچل کھینچ کر اس کا سر ننگا کر دیا تھا۔ یہ سب اسی لیے تو تھا کہ وہ نمبردار کا لڑکا تھا اور دوسرے یہ ان کے قرض دار تھے۔

ماں کی موت کے بعد ان پر مصیبتوں کے پہاڑ ٹوٹ پڑے۔ ماں کے بعد باپ مرا۔ باپ کے بعد اس کا بھائی مرا اور اب بوڑھا دادا رہ گیا تھا جسے وہ باپو کہا کرتی تھی۔ یا چنن تھا۔ چھ سال کا بچہ۔ ماں باپ کی آخری نشانی۔ کئی دفعہ فصلیں خراب ہوئیں۔ نمبر دار کا ڈیڑھ سو روپے کا قرضہ سر پر ہو گیا۔ زمین علیحدہ رہن تھی۔ باپو بوڑھا تھا۔ ان تمام مصیبتوں پر طرہ یہ کہ بے شرم پھمن سنگھ اسے دم نہ لینے دیتا تھا۔

اب جیت کور کا پھر سے خون کھولنے لگا۔ اس کے دل میں تمام مردوں کے لیے نفرت پیدا ہو رہی تھی۔ دل ہی دل میں کہنے لگی، اب تارا سنگھ کو ہی دیکھو، اس کا آگا نہ پیچھا۔ بس لے دے کے اس کی ماں ہے تھوڑے دن کی مہمان۔ اسے بھلا کاہے کا فکر؟ زمین ہے۔ ایک کچا مکان۔ تین بیل۔ ایک بھینس اور ایک گائے بھی ہے۔ اسے اپنی اکیلی جان کے لیے یہ کافی سے زیادہ ہے۔ مارے بے فکری کے رانڈ کا سانڈ ہو رہا ہے۔ جب دیکھو مونچھ پہ ہاتھ۔ اتنا لمبا چوڑا جوان ہو کر بچاری کمزور لڑکیوں پر آوازے کستے شرم نہیں آتی۔ میں تو کہوں گی کہ سبھی مرد پرلے درجے کے مغرور، غنڈے اور پاجی ہوتے ہیں۔ جب کبھی پانی کا گھڑا کنوئیں سے اٹھا کر لاتی ہوں تو کیسی بھدی آواز سے گاتا ہے:

نکا گھڑا چک لچھیے! تیرے لک نوں جرب نہ آوے
نکا گھڑا چک لچھیے!

باپو کا خیال ہے کہ میں اس سے شادی کر لوں، مگر میں ایسے لفنگے کے ساتھ شادی کروں کیوں؟ مانا کہ پھمن سنگھ کی طرح اس نے دست درازی کبھی نہیں کی۔ مگر اس قسم کے گانے نوجوان لڑکیوں کو سنا سنا کر گانا بھی تو بھلے آدمیوں کا کام نہیں۔ اس وقت جیت کور کو رہ رہ کر خیال آتا تھا کہ کاش واہگورو اکال پرکھ اسے طاقت دیتا، وہ ان دل پھینک

عاشقوں کو اینٹ کا جواب پتھر سے دیتی۔ چلتے چلتے وہ رک گئی۔ سامنے گنے کے کھیتوں کے پاس ہی ہرا بھرا ساگ کا کھیت تھا لیکن وہ کھیت تھا تارا سنگھ کا۔ اس نے ادھر ادھر دیکھا۔ مویشی باندھنے کا مکان خالی معلوم پڑتا تھا۔ رہٹ چل رہا تھا اور پاس ہی بیل بندھا ہوا تھا۔

اس نے جب اچھی طرح سے دیکھ لیا کہ نزدیک کوئی نہیں ہے تو چپکے سے کھیت میں سمٹ سمٹا کر بیٹھ گئی اور جلدی جلدی ساگ توڑنے لگی۔ معاً ایک آواز سن کر اس نے سہم کر سر اوپر اٹھایا۔ دیکھا کہ دور گنے کے کھیتوں سے تارو ہاتھ میں پھاوڑا لیے بلند آواز سے گالیاں دیتا چلا آتا ہے۔ اس کے جسم میں سنسنی سی پیدا ہوئی اور وہ ساگ وہیں پھینک کر جلدی جلدی دوسری طرف کو چل دی۔ اتنے میں تارو وہاں پہنچا۔ اس نے توڑا ہوا ساگ ہاتھ میں اٹھا کر دیکھا اور پھر اس کی طرف لپکا۔ ادھر اس کے چھوٹے چھوٹے پھٹے ہوئے سلیپر ہری گھاس پر بار بار پھسلتے تھے۔ یہ دیکھ کر کہ تارو اس کو پکڑا ہی چاہتا ہے، وہ بھاگ کھڑی ہوئی۔ تارو بھی دوڑا۔ مختصر سی دوڑ کے بعد تارو نے اسے جا دبوچا اور اس کی کلائی کو مضبوطی سے پکڑ کر بولا، "کیوں ری جیتو! ہم سے یہ چالا کیاں؟ ہر روز تو ہی ساگ چرا کر لے جاتی تھی نا؟ آج میں بھی اسی تاک میں بیٹھا تھا۔"

جیتو روتے ہوئے اور اس کی آہنی گرفت سے بازو چھڑانے کی کوشش کرتے ہوئے بولی، "میں تو تیرے کھیت میں پہلے کبھی نہیں آئی۔۔۔ چھوڑو مجھے۔"

" کبھی نہیں آئی تھی۔۔۔" تارو دانت پیستے ہوئے بولا، "چل آج میں تجھے چکھاتا ہوں مزا۔" تب تارو اسے گھسیٹتا ہوا کچے مکان کی طرف لے گیا اور دروازہ کھول کر اسے زور سے اندر دھکیل دیا۔ وہ بھینس کے اوپر گرنے سے بال بال بچی۔ اس کی ایک چوڑی بھی

ٹوٹ گئی۔ چوڑی کو ٹوٹتے دیکھ کر دامنِ صبر اس کے ہاتھ سے جاتا رہا۔ چیخ کر بولی، "تو نے میری چوڑی توڑ دی۔ میں نے اتنے شوق سے میلے سے لی تھی۔۔۔" اس کی آواز بھرا گئی اور وہ شکستہ چوڑی کے ٹکڑوں کو دیکھ دیکھ کر آنسو بہانے لگی۔ اب تارو نرم پڑ گیا۔ دل میں افسوس بھی پیدا ہوا۔ یکا یک اس نے دیکھا کہ چوڑی کا ٹکڑا چبھ جانے سے جیتو کی کلائی سے خون بہہ رہا ہے۔ وہ ایک دم آگے بڑھا، "او ہو! جیتو تمہاری کلائی سے خون بہہ رہا ہے۔ لاؤ۔۔۔"

"ہٹ۔" جیتو نے دو قدم پیچھے ہٹ کر کہا، "بدمعاش۔۔۔ کلمونہا۔۔۔ مسٹنڈا۔۔۔" تارو گالیاں کھا کر خاموش ہو گیا۔ اسے یہ معلوم نہ تھا کہ بات کا بتنگڑ بن جائے گا۔ وہ تو دو گھڑی کے لیے جیتو کو پریشان کرنا چاہتا تھا۔ کیونکہ اسے دق کرنے میں اسے مزہ آتا تھا۔ لیکن اس کا یہ منشا ہرگز نہ تھا کہ جیتو کا کوئی نقصان ہو یا وہ اسے کوئی جسمانی ایذا پہنچائے۔ جیتو دیوار کے پاس کھڑی چپکے چپکے رو رہی تھی اور تارو اپنی گردن کھجا رہا تھا۔ اس کے دل میں رحم کے جذبات پیدا ہو چکے تھے۔ مگر وہ ہمدردی کا اظہار نہ کر سکتا تھا۔ دو گھڑی بعد وہ باہر نکل آیا اور دروازہ بند کر کے کھیتوں کی طرف چلا گیا۔

تھوڑی دیر بعد تارو سرسوں کا عمدہ ساگ لیے صحن میں داخل ہوا۔ جیتو نے نظر اٹھا کر اس کی طرف دیکھا۔ اس کی بھیگی بھیگی لانبی پلکوں کو دیکھ کر تارو کے دل میں ہوک سی اٹھی۔ اس کو اپنی حرکت پر بہت افسوس ہو رہا تھا۔ وہ جھکتا ہوا آگے بڑھا اور ساگ کا گٹھا آگے بڑھاتے ہوئے بولا، "جیتو، اب تم گھر جاؤ۔ لو یہ ساگ۔" جیتو پہلے ہی بھری پڑی تھی۔ اس نے جھپٹ کر ساگ لیا اور الٹا اس کے منہ پر دے مارا۔ تمام ساگ بکھر کر

زمین پر گر پڑا اور دو چار پتے تارو کی چھوٹی داڑھی میں پھنس کر رہ گئے۔ تارو منہ سے کچھ نہ بولا اور جھک کر ساگ کو چننا شروع کر دیا۔ جیتو جلدی سے باہر نکل آئی۔ تارو بھی ساگ لیے پیچھے پیچھے لپکا۔ جیتو پانی کی نالی پھاندنے لگی، اس کا ایک پاؤں زمین میں دھنس گیا کیونکہ زمین نمی کی وجہ سے نرم ہو رہی تھی۔ اس نے پاؤں باہر کھینچ لیا لیکن سلیپر پھنسا رہ گیا۔ تارو نے بڑھ کر جلدی سے سلیپر باہر کھینچ لیا اور کہنے لگا، "تم ٹھہرو میں ابھی دھوئے دیتا ہوں۔۔۔"

نالی کے کنارے کپڑے دھونے کی سل پڑی تھی۔ جیتو اس پر منہ پھلا کر بیٹھ گئی اور تارو پانی کی دھارا میں پہلے ساگ دھونے لگا۔ وہ اب کوئی صلح کی گفتگو کرنا چاہتا تھا۔ دھیمی آواز اور اپنی دانست میں بہت نرم لہجہ میں کہنا شروع کیا، "جیتو! یہ بھینس تو اب دو کوڑی کی نہیں رہی۔ تین سیر صرف تین سیر دودھ دیتی ہے۔ بھلا ایسی بھینس رکھنے سے فائدہ۔۔۔؟ ایک بھوری بھینس میری نظر میں ہے۔ کم سے کم سولہ سیر دودھ دینے والی۔ دام زیادہ ہیں۔ مگر کچھ ہرج نہیں۔ مجھے بھینس رکھنے کا بہت شوق ہے۔ میں نے ایک سو پچپن روپے جمع کیے ہیں۔ بڑی مشکل سے، بہت ہی مشکل سے۔ اس بھینس کو ضرور خریدوں گا۔ ایسی مریل بھینس رکھنے سے کیا فائدہ؟ ایسی بھینس۔۔۔"

تارو کو اپنی باتیں بالکل مہمل سی معلوم ہو رہی تھیں۔ اسے اتنا بھی حوصلہ نہ پڑتا تھا کہ نظر اٹھا کر جیتو کی طرف دیکھ لے۔ اس نے ساگ دھو کر ایک طرف رکھ دیا اور اب ٹوٹا ہوا سلیپر دھونے لگا۔ ایک بات اور سوجھی۔ بولا، "اور ہاں تم دریامو کو تو جانتی ہی ہو۔ بہت ہی کھوٹا آدمی ہے۔ ایک دن کیا دیکھتا ہوں کہ چنن کے کان اینٹھ رہا ہے۔ میں نے

سبب پوچھا تو کچھ ڈر گیا۔ کہنے لگا کہ اس نے کھیت سے ایک خربوزہ چرایا تھا۔ میں نے چنن کو اس کے ہاتھ سے چھڑایا۔ بچارا چڑیا کی طرح سہما ہوا تھا اور پھر میں نے دو دھپ دریامو کی گردن پر دیے اور کہا کہ "تو اتنی سی بات پر لونڈے کو مارے ڈالتا ہے۔ خبر دار! جو اسے کبھی ہاتھ بھی لگایا تو۔۔۔ جانتا نہیں چنن کس کا بھائی ہے؟"

یہ کہہ کر تارو خاموش ہو گیا اور اس نے چپکے سے کنکھیوں سے جیتو کی طرف دیکھا۔ مگر وہ ابھی تک منہ پھلائے خاموشی سے اپنے کبوتروں کے سے سفید سفید پاؤں کو ٹھیکری سے رگڑ رگڑ کر دھو رہی تھی۔ تارو اٹھا اور سلیپر اس کے پاؤں کے پاس رکھ دیے اور ساگ اس کی جھولی میں ڈال دیا۔ وہ بے نیازی سے اٹھی اور اٹھلاتی ہوئی چل دی۔ وہ نزدیکی رستہ سے جلد از جلد گھر پہنچنا چاہتی تھی کیونکہ اب اندھیرا ہو چلا تھا۔ رستہ خراب تھا۔ کھیتوں میں پانی بھرا تھا اور مینڈھ بہت کم چوڑی تھی۔ جیتو نے سلیپر ہاتھ میں لے کر بجائے مینڈھ کے پانی سے ہو کر جانے کی ٹھانی۔ تارو جلدی سے آگے بڑھا اور اس کا بازو تھام کر بولا، "تم سلیپر پہن کر مینڈھ سے چلی چلو۔ کیونکہ پانی کے اندر کانٹے دار جھاڑیاں ہیں۔۔۔ میں تمہیں سہارا دیے رہوں گا۔۔۔"

جیتو نے جھٹکے سے ہاتھ چھڑا لیا اور کہنے لگی، "تم لوگوں کو شرم نہیں آتی۔ تم لوگ ہر کام بری نیت سے کرتے ہو۔ مگر میں نے تہیہ کر لیا ہے کہ اب تم لوگوں کی اس قسم کی حرکات چپکے سے برداشت نہ کروں گی۔"

یہ 'خراب نیت' کے الفاظ سن کر تارو نے اپنی صفائی کرنا چاہی۔ مگر جیتو چمک کر بولی، "اور آج میں تمہیں خبر دار کیے دیتی ہوں کہ آئندہ مجھے ہاتھ لگانے کی جرأت ہرگز نہ کرنا ورنہ ہاتھ توڑ دوں گی۔"

تارو نے پہلے اس کے نرم و نازک ننھے منے ہاتھوں کو دیکھا پھر اپنے بھاری بھر کم، میلے کچیلے اور کھردرے ہاتھوں پر نظر ڈالی اور تب اس کے لبوں پر تبسم پیدا ہوا۔ جیتو کو اس کی یہ حرکت دیکھ کر زہر سا چڑھ گیا اور اس نے آؤ دیکھا نہ تاؤ، تڑاق سے سلیپر اس کے منہ پر دے مارا۔

"جیتو!" تارو معاً شیر کی طرح غصہ میں گرجا۔ لیکن پھر نامعلوم کیا سوچ کر خاموش ہو گیا۔ کچھ دیر کے لیے دونوں طرف سکوت سا رہا۔ پھر جیتو بے پروائی سے شلوار اٹھا کر پانی میں چل دی۔ سلیپر کی ایک کیل تھوڑی باہر نکلی ہوئی تھی جس کی وجہ سے تارو کی پیشانی پر خراش آگئی اور خون بہنے لگا۔ مگر وہ خون سے بے پروا جیتو کے آگے آگے چل رہا تھا۔ راستے میں جو کانٹے دار جھاڑی ہوتی اسے اپنے پھاوڑے کے ایک وار سے اکھاڑ کر جیتو کا راستہ صاف کر دیتا۔ جب یہ پانی کا راستہ ختم ہو گیا تو تارو نے بڑھ کر کانٹے دار جھاڑی میں سے راستہ بنا دیا اور خود ٹھہر گیا۔ جیتو نے ایک لمحہ کے لیے اس کے خون سے تر کرتے کی طرف دیکھا اور پھر خاموشی سے گھر کی طرف روانہ ہو گئی۔

تاریکی میں اس نے گھر کا دروازہ کھولا۔ ایک طرف چراغ جل رہا تھا۔ باپو گنڈاسے سے جوار کاٹنے میں مصروف تھا۔ چنن قینچی سے کاغذ کے پھول بنانے میں مصروف تھا۔ جیتو اندر داخل ہوئی تو باپو نے ایک دفعہ سر اٹھایا اور پھر جھک گیا۔ چنن نے ایک مرتبہ کہا، "بہن آگئی۔" اور پھر اپنے کام میں مشغول ہو گیا۔ اس نے کونے میں سے کپاس کی سوکھی چھڑیاں اٹھائیں اور انہیں توڑ کر چولہے میں رکھا اور اوپر اپلے رکھ کر آگ جلائی، تب مٹی کی ہنڈیا میں ساگ پکنے کے لیے رکھ دیا۔ باپو آہستہ سے بولا، "آج نمبر دار اور سپاہی پھر آئے تھے۔"

وہ سب کچھ سمجھ گئی۔ اس کے ہاتھ رک گئے۔ وہ عالم خیال میں تاریکی کی طرف دیکھنے لگی۔ ان کی بربادی اور تباہی ناچتی ہوئی دکھائی دے رہی تھی۔ جگ ہنسائی اس کے علاوہ تھی۔ اس نے سرد آہ بھر کر سر جھکا لیا اور کچھ بے چینی سے اٹھی اور آٹا لے کر تنور پر روٹی پکانے چلی گئی۔ روٹی کھاتے وقت باپو نے بتایا کہ سپاہی کہتا تھا کہ اگر پرسوں تک روپے کا انتظام نہ ہوسکا گو گھر کی قرقی کر دی جائے گی۔ انسان پر مصیبت آتی ہے تو ایک نہیں بلکہ سیکڑوں مصائب پے در پے حملہ آور ہو کر انسان کو بے بس و لاچار بنا دیتے ہیں۔

آج گویا آخری دن تھا۔ باپو صبح سے باہر گیا ہوا دوپہر کو گھر واپس آیا۔ اس کے اداس جھریوں اور چہرے سے صاف عیاں تھا کہ روپے کا بندوبست نہ ہوسکا۔ جیتو کی ماں کا ایک سونے کا زیور بیچا تھا۔ کل بائیس روپے جمع ہوئے تھے۔ باقی ایک سو تیس کہاں سے آئیں گے۔ گھر کے مویشی بیچنے سے کچھ روپیہ مل سکتا تھا مگر انہیں سے تو روزی تھی۔ اگر وہ بک گئے تو گویا دال روٹی سے بھی گئے۔ جیتو دوپہر کا کام ختم کر کے گھر سے باہر تھوڑی دیر تک کھلی ہوا میں کھڑی رہی۔ نمبردار ابھی تک نہ آیا تھا لیکن اسے آنا ضرور تھا اور کل؟ کل تمام دنیا ان کا تماشا دیکھے گی۔

سامنے سے کالی گھٹا جھوم کر اٹھی اور آسمان پر چھا گئی۔ جیتو گردوارے کی طرف چل دی۔ یہ چھوٹا سا گوردوارہ گاؤں سے کم و بیش تین فرلانگ کے فاصلے پر تھا۔ عمارت پرانی تھی۔ دو تین کوٹھریاں مسافروں کے واسطے بنی ہوئی تھیں اور ساتھ ہی ایک چھوٹا سا باغ تھا۔ گوردوارے کا کام ایک پرہیز گار اور پاکباز بزرگ کے سپرد تھا۔ جیتو کے باپو کی ان سے گاڑھی چھنتی تھی۔ یہ بزرگ جیتو کو سکھ گوروؤں کی پاک زندگی کے واقعات، ان کی

قربانی اور ایثار کی کہانی سنایا کرتے تھے، جس سے جیتو کے دل کو گونہ تسلی ہوتی تھی۔ جب وہ وہاں پہنچی تو معلوم ہوا کہ وہ بزرگ دوسرے گاؤں میں کسی کام کی وجہ سے گئے ہیں۔ اس نے کنوئیں پر اشنان کیا۔ کتاب پاک کے آگے سر جھکایا اور بابا نانک کی درگاہ سے رو رو کر اس مصیبت کے ٹل جانے کی دعائیں کرتی رہی۔ پھر اس نے چنبیلی کے پھول چنے اور چنن کے لیے ہار گوندھنے لگی۔ کیونکہ آج صبح اس نے اس سے ہار کا پکا وعدہ کیا تھا۔ اتنے میں بارش شروع ہو گئی۔ خوب موسلا دھار ہوئی۔ آخر جب بارش بند ہو گئی اور وہ بزرگ نہ آئے تو جیتو نے ہار اپنے بالوں کے جوڑے سے لپیٹا اور گاؤں کی طرف چل دی۔

بادل ابھی تک چھائے ہوئے تھے۔ روشنی آہستہ آہستہ کم ہو رہی تھی۔ وہ ہنوز گھر سے کافی دور تھی کہ اس نے دیکھا کہ ایک سپاہی اور گاؤں کا نمبر دار ان کے گھر سے باہر آ رہے ہیں۔ وہ جہاں تھی وہیں کھڑی رہ گئی۔ اس کے پاؤں شل ہو گئے۔ آخر کیا ہوا ہو گا؟ کل۔۔۔ ہاں کل ڈھول پٹ جائے گا۔۔۔ وہ آگے کچھ نہ سوچ سکی۔ وہ لڑکھڑاتے ہوئے قدموں سے گھر کی طرف جانے کے بجائے اور ہی کسی طرف چل دی۔ وہ جانتی تھی کہ اس وقت اس کے بوڑھے دادا کی کیا حالت ہو رہی ہو گی۔ مگر اس کا حوصلہ نہ پڑتا تھا کہ گھر جائے۔ وہ عجب پریشانی میں چلتی گئی کہ نہ معلوم کتنی دور تک۔۔۔ آخر اس کی ٹانگوں نے جواب دے دیا اور وہ وہیں کھیت کے کنارے بیٹھ گئی۔

ہم دکھ سے اتنا نہیں گھبراتے جتنا کہ دکھ کے تصور سے۔ وہ جانتی تھی کہ اس تکلیف کا سامنا اسے کرنا ہی پڑے گا۔ مگر وہ چاہتی تھی کہ تاریکی چھا جائے اور وہ اندھیرے میں سب کی نظروں سے بچ کر چپکے سے اپنے گھر میں چلی جائے۔ اس کی آنکھوں کے سامنے

اپنے گھر کی تصویر آ گئی۔ جہاں اس نے بچپن سے اب تک اپنی زندگی کے دن گزارے تھے اور اب وہ گھر غیروں کا ہونے والا تھا۔ تاریکیاں چھانے لگیں۔ آسمان پر اکا دکا تارا جھلملانے لگا۔ مویشی واپس گاؤں کو جا رہے تھے۔ جوہڑ کے کنارے پیلے پیلے مینڈک ٹرا رہے تھے۔ جھاڑیوں میں ٹڈے اپنی تیز آواز سے بول رہے تھے اور گدھ بیروں پر بیٹھے اونگھ رہے تھے۔

جیتو نے سر اٹھایا۔ سامنے دھندلکے میں تارو کا کچا مکان اور رہٹ نظر آ رہا تھا۔ آج تارو کا کنواں دیکھ کر جیتو پر ایک کیفیت سی طاری ہو گئی۔ پچھلا واقعہ اس کی آنکھوں کے سامنے آ گیا جب کہ وہ ساگ لینے گئی تھی۔ تارو کی بد مزاجی، اس کی چوڑی کا ٹوٹنا، تارو کا پچھتانا اور اسے ساگ لا کر دینا، اس کا سلیپر دھونا پھر ہاتھ لگا دینا، تب سلیپر کھا کر بھی ضبط کرنا، اس کے راستے سے کانٹے صاف کرنا اور اس کی پیشانی سے لہو کا بہنا سب اس کی نظروں کے سامنے پھر گیا۔ وہ سوچنے لگی کہ تارو میں ہزار عیب سہی مگر دل کا برا نہیں اور آج جب کہ اس کا دل اُمڈا آتا تھا وہ چاہتی تھی کہ کوئی اس کی داستانِ غم سنے۔ اگر سننے والا ہمدردی کے کلمات بھی کہہ دے تو اس کے دل کو تسلی ہو جائے مگر ایسا ہمدرد تھا کون۔۔۔؟

تارو کے کنوئیں پر اس وقت کیسا امن و سکون تھا۔ اس وقت رہٹ کی روں روں اور مویشیوں کی گھنٹیوں کی ٹن ٹن نے کیا عجب سماں باندھ رکھا تھا۔ شریہنہ کے بلند درخت ہوا میں جھوم رہے تھے۔ ہرے بھرے کھیت میں سفید گھوڑی گھاس چر رہی تھی، گنوں کے کھیت کے پاس کتے کھیل رہے تھے۔ کبھی دم ہوا میں اٹھا کر عجب انداز سے چلتے،

کبھی غرا کر ایک دوسرے پر لپکتے اور پھر اکٹھے ہو کر نئے کھیل کھیلنے کی تجویزیں سوچنے لگتے۔

جیتو کو خواہ مخواہ یقین ہونے لگا کہ تارو اس کا دکھڑا ضرور ہمدردی سے سنے گا۔ یہ سوچ کر اس طرح سے وقت بھی کٹ جائے گا اور اس کے دل کا بار بھی ہلکا ہو جائے گا، وہ کنوئیں کی طرف چل دی۔ مدار کے پیڑوں اور کانٹے دار جھاڑیوں میں سے ہوتی ہوئی وہ کنوئیں پر پہنچ گئی۔ ہری ہری گھاس کی سوندھی سوندھی خوشبو آ رہی تھی۔ جیتو نے ادھر ادھر تارو کو دیکھا مگر وہ نظر نہ آیا۔ وہ دروازے کی طرف بڑھی اور کچھ ٹھٹکی۔ ٹھٹک کر بڑھی اور آہستہ سے دستک دی۔

"کون ہے؟" اندر سے تارو نے کرخت اور تحکمانہ انداز میں پوچھا۔ جیتو خاموش رہی۔

"ارے بھئی کون ہے؟ چلے آؤ دروازہ کھلا ہوا ہے۔" جیتو نے آہستہ سے دروازہ کھول دیا۔ تارو اسے دیکھتے ہی اچھل پڑا، "آؤ جیتو! تم کیسے رستہ بھول پڑیں؟" اس سے کچھ جواب نہ بن پڑا۔ اس نے تارو کی طرف جو کہ پٹڑی پر بیٹھا گنا چوس رہا تھا، دبی نظروں سے دیکھا اور آہستہ سے بولی، "یونہی ادھر آئی تھی۔ سوچا کہ ماں سے ملتی جاؤں۔"

"ماں؟ ماں تو کنوئیں پر بہت کم آتی ہے۔ آتی بھی ہے تو دن کو۔ اس وقت گھر پر ہی رہتی ہے۔" وہ جانتی تھی کہ تارو کی ماں کنوئیں پر نہیں رہتی، گاؤں میں رہتی ہے۔ بظاہر وہ واپس جانے کے لیے لوٹی تو تارو نے ڈرتے ڈرتے پیڑھی اپنے تلے سے نکال کر اس کی طرف دھکیل دیا اور جھجکتے ہوئے بولا، "جیتو! اب آئی ہو تو بیٹھو۔۔۔ اگر تمہیں جلدی نہ ہو تو بیٹھو۔ ساگ لے جاؤ۔ چنن کے لیے گنے لیتی جانا۔ گنے بہت میٹھے ہیں۔"

جیتو پیڑھی لے کر تاریک کونے میں بیٹھ گئی۔ تارو شاید دل میں سمجھا ہو گا کہ ساگ اور

گنوں کا داؤ چل گیا۔ تارو نے ٹاٹ پر بیٹھتے ہوئے پوچھا، "آج تو بارش اچھی ہو گئی۔ ہوا مزے کی چل رہی ہے۔۔۔ کیا تم شربت پیو گی؟ بہت عمدہ گڑ رکھا ہے۔"

"نہیں، پیاس نہیں اس وقت۔"

"اچھا کچھ ہرج نہیں۔ تم گڑ گھر لے جانا اور کل کو شربت بنا کر دیکھنا۔"

"اچھا۔"

"میں نے چنن سے کہا تھا کہ گنے لے جائے، مگر وہ آج تو آیا نہیں۔ اسے یہاں بھیج دیا کرو۔ رستہ جانتا ہی ہے۔ رس (گنوں کا) پی جایا کرے گا اور یہ ہمارے پچھواڑے پیڑ لگے ہوئے ہیں، لال لال بہت میٹھے۔ میں تو ادھر ادھر کے چھوکروں کو توڑنے نہیں دیتا۔ میں کہتا ہوں کہ چنن آئے تو کھائے۔ آخر بچہ ہے نا، اسے بیر بہت بھاتے ہیں۔ جب ہم تو چھوٹے تھے، یاد ہے نا، ہم بھی تو بیر کے کھانے جایا کرتے تھے۔"

"کیوں تارو! تمہارے گنے تو خوب ہوئے ہیں اب کے۔" جیتو نے بات کا رخ بدل کر کہا۔

"ہاں سب 'واہگورو اکال پرکھ' کی کرپا ہے۔"

وہ خاموش رہی۔

"کہو تو باہر سے گنا لا دوں۔"

"نہیں تارو میرا جی نہیں چاہتا۔"

اب پھر کچھ دیر کے لیے خاموشی رہی۔ تارو اس کی خاموشی کا سبب جاننا چاہتا تھا۔ پھر بہت احتیاط سے کہنے لگا، "جیتو۔۔۔! مجھے دراصل ڈر لگتا ہے کچھ کہتے ہوئے کہیں تم خفا نہ ہو جاؤ۔۔۔ آخر بتاؤ نا تم آج اس قدر خاموش کیوں ہو؟ کیا کوئی خاص بات ہے۔۔۔؟"

یہ ہمدردی کا کلمہ سن کر جیتو کی آنکھوں میں آنسو آ گئے۔ مگر تاریکی کی وجہ سے تارو انہیں دیکھ نہ سکا۔ لیکن وہ اپنی بھرائی ہوئی آواز کو چھپا نہ سکی، "نہیں تارو۔۔۔ تمہیں کیا بتاؤں۔۔۔"

تارو کے چہرے پر سختی کے آثار پیدا ہو گئے۔ آنکھیں غصہ میں چمکنے لگیں۔ وہ کرخت آواز میں کڑک کر بولا، "پھمن سنگھ نے کوئی حرکت تو نہیں کی؟ بتا دو جیتو! وہ دیکھ سامنے کرپان لٹکی ہوئی ہے۔ میں نے آج ہی تیز کی ہے۔ میں پھمن کی بابت تھوڑا بہت جانتا ہوں۔ مگر اب اس کی موت دور نہیں۔ یہ کرپان اسی کا خون پینے کے لیے رکھی ہے۔۔۔"

"نہیں تارو۔" جیتو ہاتھ اٹھا کر بولی، "یہ بات نہیں۔ یہ بات بالکل نہیں۔۔۔ میں بتاتی ہوں۔ تم سے کچھ چھپا نہیں۔۔۔ اصل بات یہ ہے کہ۔۔۔" دروازہ آہستہ سے کھلا۔ تارو چیتے کی طرح چوکنا ہو گیا اور اس کا ہاتھ فوراً پاس پڑی ہوئی کلہاڑی پر جا پڑا۔ جیتو نے چونک کر دروازے کی طرف دیکھا۔

"کیا میری بہن یہاں ہے؟" چنن نے آہستہ سے دروازے میں سے سر نکال کر تارو سے پوچھا۔ تارو نے اطمینان کا سانس لیا اور کلہاڑی پیچھے کی طرف سرکا دی۔

"چاند! آ جاؤ۔ میں یہاں ہوں۔" چنن دوڑ کر آیا اور اپنی بہن کی گود میں چڑھ بیٹھا۔

"ڈھونڈ لیا نا تمہیں؟ میں تمہیں بہت دیر سے ڈھونڈ رہا ہوں۔ پھر میں نے سوچا کہ بہن ضرور ہمارے لیے بیر لینے کے لیے تارو کے کنوئیں پر گئی ہو گی۔" جیتو اس کی پیشانی سے بال ہٹاتے ہوئے بولی، "کیوں رے! تجھے ڈر نہیں لگا اندھیرے میں۔"

"نہیں۔"

تارو بولا، "واہ! بھلا شیروں کے بچوں کو بھی کبھی ڈر لگا ہے۔" چنن نے تارو کی طرف مخاطب ہو کر کہا، "اچھا تم نے کہا تھا کہ گنے دیں گے۔ لاؤ اب۔۔۔ میں تو بہت سے لوں گا۔"

"آؤ جتنے چاہو لے لو۔"

"اچھا، لاؤ، دو۔" یہ کہہ کر وہ گودی سے اترنے لگا۔ مگر پھر رک گیا، "ذرا ٹھہرو، ایک بات ہے تمہیں نہیں بتائیں گے۔" پھر بہن کے کان میں کہنے لگا، "بہن ہمیں ایک پیسہ دو۔ تم نے کہا تھا۔"

"گھر پر لینا۔" چنن شانوں کو ہلا کر ضد سے کہنے لگا، "نہیں ابھی دو۔"

"تم بہت اچھے ہو چنن۔" جیتو نے چمکارتے ہوئے کہا، "اس وقت نہیں۔"

"تو تارو سے لے دو۔"

"اس کے پاس بھی نہیں ہے۔"

"ہے کیوں نہیں۔۔۔ آج جب تم باہر چلی گئی تھیں۔ تارو ہمارے گھر آیا اور باپو کو اس نے چھن چھن کر کے بہت سے روپے گن دیے۔۔۔"

"چنن!" جیتو حیرت سے بولی۔ لیکن چنن اپنی ہی دھن میں تھا، "مگر میں تو کہتا ہوں کہ باپو نے بہت برا کیا۔ اس نے شام کو سب روپیہ نمبر دار کو دے دیا۔۔۔" جیتو کی حیرانی کی حد نہ رہی، "مگر، یہ تم سے کس نے کہا؟"

"کس نے کہا؟" چنن چیخ کر بولا، "میں نے خود دیکھا۔ اچھا بتاؤ اب میں تارو سے پیسے لے لوں؟"

"تم نے خود دیکھا۔" یہ کہہ کر وہ خاموشی سے ہوا میں تاکنے لگی۔

ایک بڑے طوفان اور آندھی کے بعد گویا یکایک بادل پھٹ گئے، ہوا خاموش ہو گئی اور ہر طرف بالکل امن و سکون ہو گیا۔ اس کے دماغ کی پریشانیاں دور ہو گئیں۔ اس کے دل پر سے ایک بوجھ سا ہٹ گیا۔ اس محویت کے عالم میں اسے معلوم ہی نہیں ہوا کہ کب چنن نے تارو سے پیسہ لیا اور کب وہ کنویں پر سے گنے لینے کے لیے باہر دوڑ گیا اور کب تارو اپنی جگہ سے اٹھ کر بھینس کے پاس جا کھڑا ہوا۔ اس راحت آمیز محویت میں جیتو کو تارو کا خیال آیا، وہی دنیا میں اس کا سچا ہمدرد تھا۔ کس قدر نیک۔ اتنی دیر باتیں کرنے کے باوجود اس نے ان روپوں کا اشارتاً بھی ذکر نہیں کیا۔ وہ روپے اس نے کس قدر مصیبتوں سے جمع کیے تھے۔ مگر اس نے اپنی ذاتی خواہش پر اس کی ضرورت کو ترجیح دی۔

تارو کا خیال آتے ہی اس کی صورت اس کی آنکھوں کے سامنے آ کھڑی ہوئی۔ جب اس نے اس سے کہا تھا کہ وہ ہر کام خراب نیت سے کرتا ہے۔ یہ کیسے بے معنی اور خود غرضانہ الفاظ تھے۔ وہ اس کی زخمی پیشانی، وہ بہتا ہوا خون، وہ اس کا ضبط و تحمل۔ جیتو چونکی اور اس کی آنکھیں تارو کو ڈھونڈنے لگیں جو کہ اس کی طرف پشت کیے بھینس کے پاس کھڑا تھا۔ جیتو اس کے پاس جا کر آہستہ سے بولی، "تارو!"

وہ خاموش رہا۔

"میری طرف دیکھو تارو۔"

تارو نے دیکھا کہ جیتو کی بڑی بڑی سرمگیں آنکھوں میں آنسو ڈبڈبا رہے ہیں۔ وہ اپنی

بھاری آواز میں بولا، "روتی کیوں ہو جیتو۔ میں تو ہر وقت اسی کوشش میں رہتا ہوں کہ تمہارے کام آسکوں، مجھے اس دن کی اپنی حرکت پر بہت افسوس ہے۔" جیتو نے آہستہ سے اپنا ہاتھ اس کی پیشانی پر رکھ دیا جس جگہ کہ اس کے کمبخت ہاتھوں نے سلیپر مارا تھا۔ پھر دھیرے سے کہنے لگی، "تارو اب میں جاتی ہوں۔ میں پھر آؤں گی، اب تم آرام کرو، ہاں۔ میں پھر آؤں گی۔"

یہ کہہ کر وہ واپس پیڑھی کے پاس آئی اور سلیپر پہن کر لوٹی تو دیکھا کہ تارو راستہ روکے دروازے کے آگے کھڑا ہے۔ وہ مسکرا کر اپنے کرخت لہجہ میں بولا، "جیتو! آج پھر میری نیت خراب ہو رہی ہے۔ آج پھر سزا دے دو۔" جیتو نے جھینپ کر ایک اچٹتی ہوئی نگاہ تارو پر ڈالی، پھر جسم چراتی ہوئی اس کی طرف بڑھی، اپنے جوڑے سے چنبیلی کا ہار کھولا اور کچھ مسکرا کر، کچھ لجا کر وہ ہار اس کے گلے میں ڈال دیا۔ تارو نے راستے سے ہٹ کر دروازہ کھول دیا۔

آگے چنن گنے لیے بھاگا آرہا تھا۔ جیتو نے گنے تھام لیے اور اسے گود میں اٹھالیا۔ گوبر اور کیچڑ سے پاؤں بچاتی ہوئی چل دی۔ چنن اس کے گلے کے گرد باہیں حمائل کر کے کہنے لگا، "بہن، تارو مجھے بہت اچھا لگتا ہے۔ تمہیں کیسا لگتا ہے۔" جیتو دل ہی دل میں شرما گئی۔ اس نے ادھر ادھر دیکھ کر کہ کوئی سن تو نہیں رہا، جواب دیا، "ہاں چنن! تارو مجھے بھی۔۔۔ تارو بہت اچھا آدمی ہے۔"

جیتو کو اب بھی تارو کے گانے کی بھاری اور بے سری آواز سنائی دے رہی تھی،

نکا گھڑا چک لچھیے!

تیرے لک نوں جرب نہ آوے

نکا گھڑا چک لچھیے!*

(*) اے دوشیزہ تو چھوٹا گھڑا اٹھایا کر۔ مجھے خوف ہے کہ تیری نازک کمر میں بل نہ آ جائے۔

☆☆☆

سمجھوتہ

وہ مجھ کو نئے مکان میں چھوڑ کر دفتر چل دیے۔

سامان ابھی بکھرا ہوا ہی تھا۔ میں ایک کرسی لے کر بیٹھ گئی۔ سوچا، ذرا سستالوں تو کپڑے بدل کر سامان ٹھکانے سے رکھوں۔ عجب سنسان مکان تھا۔ شہر کی ایک نئی آبادی تھی۔ مکانات کی تعداد نہ صرف کم تھی بلکہ جو تھے وہ بھی دور دور۔ مجھ کو تو ان کے دوست کے ہاں اور زیادہ ٹھہرنا دوبھر ہو رہا تھا۔ مکان کا مسئلہ بھی آج کل ایک معمے سے کم نہیں۔ انہوں نے کوچے کوچے کی خاک چھانی۔ ہر واقف کار سے کہا۔ ہزار مصیبتوں کے بعد یہ مکان ملا۔ ان کا خیال تھا کہ سرکاری کوارٹرز میں سے کوئی نہ کوئی کوارٹر مل ہی جائے گا لیکن بدقسمتی سے کوئی کوارٹر خالی تھا نہیں۔ اگر ان کو معلوم ہوتا کہ رہائش کے لیے جگہ ملنے میں اتنی دشواری ہوگی تو وہ مجھ کو ہمراہ ہرگز نہ لاتے۔

مرد آپس میں گذارہ کرہی لیتے ہیں لیکن عورتوں کا نباہ ممکن نہیں۔ جس کے ہاں ہم اتنے دنوں ٹھہرے رہے، وہ دراصل ان کا دوست نہ تھا۔ بس یہی کہ وہ دفتر میں ان کے نیچے کام کرتا تھا۔ بے چارے کی تنخواہ کم اور ہماری حیثیت بھی افسرانہ تھی۔ ہماری وجہ سے ان کو تکلف بھی کرنا پڑتا تھا۔ اپنے گھر میں تو ہر کوئی گذارہ کرہی لیتا ہے۔ میں نے ہرچند چاہا کہ گھر کے کام میں میزبان عورت کا ہاتھ بٹاؤں لیکن وہ بے چاری مجھ کو ایسا کرنے کی

اجازت کیوں کر دیتی۔ ایک تو میں اس کے شوہر کے افسر کی بیوی، دوسرے نئی نویلی دلہن، پھر پڑھی لکھی بھی۔ ادھر میں حساس، ان سب باتوں کو سوچتی اور دل مسوس کر رہ جاتی۔ ان کے دل کا حال پر ماتما جانے۔

ادھر وہ بھی پریشان، ابھی بالکل نو عمر ہی تو ہیں۔ نئی نویلی پیاری پیاری بیوی سے چوبیس گھنٹوں میں ایک لمحہ کے لیے بھی کھل کر بات کرنے کا موقع نہ ملتا۔ مردانے میں بیٹھے گپ ہانک رہے ہیں، کبھی تاش کھیلتے ہیں، کبھی شطرنج مگر دل میں بیوی کا تصور۔ سو سو بہانوں سے آتے ہیں، دبی زبان سے کچھ پوچھتے ہیں۔ میں شرماتی ہوں۔ آخر دوسروں کے سامنے شرمانا ہی پڑتا ہے۔ ہوں ہاں کر کے ٹالتی ہوں۔ کبھی کبھی غصہ آنے لگتا ہے۔ کیوں بار بار بے مطلب کی بات پوچھنے یا کہنے کے لیے آجاتے ہیں۔ لیکن پھر سوچتی ہوں کریں بھی کیا۔ ہمارے میزبان بھی حالات سے غافل نہ ہوں گے لیکن ناچار تھے۔ جگہ تنگ اور کنبہ بڑا۔

اب جو نئے مکان میں آئے تو دفتر جانے سے پہلے مجھ کو گلے سے لگایا اور میرا منہ چوما۔ میں چونکی۔ آخر اب یہ نئے خیالات کیا سوجھنے لگے۔ ہاتھ اٹھا کر لمبی لمبی سی جماہی لی۔ پھر اٹھی، کمروں کا جائزہ لینے کے بعد سوچنے لگی کہ اب ان کی تقسیم کیوں کر ہو۔ دو بڑے کمرے تھے، ایک چھوٹا، ایک غسل خانہ، ایک کچن اور ایک پائخانہ سامنے کی چھت پر۔ سامنے کا حصہ مالک مکان کا تھا مگر تسلی بخش بات یہ تھی کہ مالک نے اس حصے کو گودام بنا رکھا تھا، ورنہ جس مکان میں مالک خود بھی رہے وہاں مجھ کو رہنا پسند نہیں کیوں کہ اس طرح ضرور جھگڑے کی کوئی نہ کوئی صورت نکل آتی ہے۔

کمروں کی بابت تو میں نے یہی طے کیا کہ ایک بڑا کمرہ تو ان کے لیے مخصوص ہو گا، دوسرے میں سامان اور ہمارے پلنگ، چھوٹا کمرہ گودام کا کام دے گا۔ چلو چھٹی ہوئی۔ دل میں کیا کیا ارمان تھے لیکن مکان ملتے کہاں تھے۔

شام کے پانچ بجے اسٹوو پر پانی ابل رہا تھا۔ سوچتی تھی وہ آئیں تو چائے ڈالوں۔ ان کو دیکھنے کے لیے چھت پر چڑھ گئی۔ ایک بات سے میں بہت خوش تھی، وہ یہ کہ جگہ اگرچہ محدود تھی لیکن تھی ہوادار۔ ایک تو دوسری منزل پر، دوسرے شہر سے بالکل باہر۔ پرے کھیتوں کی ہریالی تک نظر جاتی تھی۔ سوچا وہ آئیں تو کھیتوں کی ہوا کھانے چلیں۔ سامنے لکڑیوں اور کوئلے کی ٹال تھی۔ دو چار کاشمیری کلہاڑیاں لیے گھوم رہے تھے۔ ہمارے ساتھ ہی دھوبیوں کے مکانوں کی قطاریں تھیں۔ بائیں ہاتھ پر بڑا میدان سا تھا، پھر مکانوں کے سلسلے۔ سب سے نزدیکی مکان ہمارے پچھواڑے تھا۔ اس مکان کے مکین ہی ہمارے پڑوسی تھے۔ انہیں سے کچھ بات چیت ہو سکتی تھی۔ حالانکہ میں زیادہ جھک جھک پسند نہیں کرتی۔ عام ہندوستانی عورتوں کی صحبت مجھے راس نہیں آتی۔ لیکن کیا کیا جائے، آخر ہماری بہنیں ہی تو ہیں اور پھر انسان کہاں تک چپ سادھے رکھے۔ کتابیں پڑھے تو کہاں تک، سینا پرونا کرے تو کہاں تک، آخر دو باتیں کرنے کو جی چاہنے ہی لگتا ہے۔

"کوئی بڑا کنبہ ہو گا۔۔۔" میں نے پڑوسیوں کے مکان کا جائزہ لیتے ہوئے سوچا۔ تقریباً آدھا حصہ ادھر سے نظر آتا تھا اور باقی آدھا ہمارے مکان کے عین پچھواڑے تھا اور

ہماری اپنی چھت کو سیڑھی تک نہ تھی، ورنہ دوسرا حصہ بھی دیکھا جا سکتا۔ سامنے دو کمرے تھے۔ دروازوں کے آگے چقیں پڑی ہوئی تھیں۔ تیسری منزل پر دو کمرے نظر آرہے تھے۔ ان کے درمیان چھوٹا سا صحن بھی تھا۔ لکڑی کے چوڑے چوڑے تختوں والی سیڑھی سب سے اوپر والے کمرے کی چھت پر چلی گئی تھی۔ نیچے کا صحن بڑا وسیع تھا۔ صحن میں ہماری طرف کو ایک دستی نل بھی لگا ہوا تھا۔ معلوم ہوتا تھا کہ گھر کے لوگ گھر میں نہیں تھے۔ کوئی صورت دکھائی نہ دیتی تھی۔

میں پھر ان کو دیکھنے کے لئے گلی کی طرف کو جھک گئی۔ ابھی تک نہ لوٹے تھے۔ غصہ آنے لگا۔ پانچ سے اوپر وقت ہو گیا۔ آخر ان کو اتنا بھی خیال نہیں کہ گھر میں اکیلی گھبراتی ہوگی۔ کچھ خاص کام پڑ گیا ہوگا ورنہ وہ بچارے تو پر لگا کر مجھ تک پہنچ جاتے۔

میں اس وقت سیڑھیوں میں کھڑی تھی۔ ہوا خوش گوار تھی۔ میں سینہ پھلا پھلا کر گہرے سانس لینے لگی جیسے کہ ہمارے اسکول میں ہم کو سکھایا گیا تھا۔ اتنے میں مجھ کو احساس ہوا کہ کوئی شخص میری طرف دیکھ رہا ہے۔ نظر اٹھائی ہمارے ساتھ والے وسیع مکان کے صحن میں ایک سکھ صاحب زادے کھڑے تھے۔ نظریں ملتے ہی انہوں نے احترام سے جھک کر مجھ کو فرشی سلام کیا۔ میں بوکھلا کر بھاگتی ہوئی سیڑھیوں سے اتری اور ادھر سے بڑے زور سے ہوہو کی آوازیں آئیں اور منہ سے بلبلاں لڑانے کی سی آوازیں نکالی گئیں۔

مارے شرم کے فرش میں گڑی جا رہی تھی۔ آخر میں کیسی بے شرم دکھائی دیتی ہوں گی۔ بال کھلے ہوئے، دوپٹہ نیچے لٹکا ہوا اور میں سینہ پھلا پھلا کر گہرے سانس لے رہی

تھی۔ پھر ہاتھ سے اپنے پیٹ کو دبا دبا کر اس بات کا جائزہ بھی لے رہی تھی کہ پیٹ کتنا دب رہا تھا۔ اسی پر بس نہیں کی بلکہ میں اپنا ہاتھ چھاتیوں کے اوپر سے پیٹ تک پھیرتی جا رہی تھی اور دل ہی دل میں اسے پھیپھڑوں کے پھلاؤ پر اپنے آپ کو مبارک باد بھی دیتی جا رہی تھی۔ لیکن کیا معلوم تھا کہ کوئی شخص مجھ کو اس حالت میں دیکھتا ہو گا۔

اتنے میں سب سے اوپر والے کمرے کی چھت پر سے کوئی پکار کر بولا، "لو بھئی مبارک، پورے پانچ مہینوں کے بعد ہمارا پڑوس آباد ہوا۔" پھر نیچے کے بڑے صحن سے جواب میں کسی کی تیر سی آواز سنائی دی، "خدا کرے ہمیشہ آباد رہے۔ کنواروں کی بھی خدا نے سنی۔"

"کچھ نہ پوچھو غضب ہے غضب۔"

اور میں دم بخود۔

دوسرے دن ان کے دفتر چلے جانے کے بعد میں گھر کے کام دھندوں سے فارغ ہو کر موزے لے کر بیٹھ گئی۔ بر آمدے میں ٹھنڈک تھی۔ سوچا دھوپ میں ہو بیٹھوں۔ پھر خیال آیا کہ اگر دھوپ میں بیٹھی تو ممکن ہے پڑوس سے پھر داد ملنے لگے۔ اپنی جگہ سے اٹھ کر میں نے پڑوسیوں کے مکان پر نظر ڈالی۔ وہاں کوئی نہ تھا۔ اس بات کا تو کل ہی پتہ چل گیا تھا کہ وہاں بے گھر بار والے ہی رہتے ہیں۔ سوچا ممکن ہے اپنے اپنے کام پر گئے ہوں۔ چار بجے سے پہلے تو واپس نہ آتے ہوں گے۔

میں نے صحن کی بجائے چوڑی دیوار پر بیٹھنا زیادہ مناسب سمجھا۔ وہاں دھوپ سامنے کی تھی۔ احتیاط سے دیوار پر چڑھ گئی اور آہستہ آہستہ کھسکتی ہوئی اس جگہ پر پہنچی جہاں سے

دیوار اوپر کو اٹھ گئی تھی۔ میں مونڈھے پر بڑی دیوار سے ٹیک لگا کر بیٹھ گئی۔ ایک طرف سے بلندی اس قدر زیادہ تھی کہ نیچے دیکھنے سے خوف معلوم ہوتا تھا۔ میں چست وچالاک لڑکی تھی، کوئی بدھی موٹی عورت تو تھی ہیں۔ یہاں بیٹھ کر میں ایسے محسوس کرتی تھی جیسے کوہ ہمالیہ کی چوٹی پر بیٹھی ہوں۔ پہلے تو ادھر ادھر کے مناظر سے لطف اندوز ہوتی رہی، پھر پاؤں شلوار کے پائچوں سے ڈھک کر میں نے ٹوکری میں سے بجائے موزوں کے کتاب نکالی اور پڑھنے لگی۔

کھانسنے کی آواز آئی۔ چونکی۔ دیکھا کونے کے سب سے اوپر والے کمرے میں سے ایک صاحب نکلے اور بغلوں میں ہاتھ دے کر کھڑے ہو گئے۔ آپ کی داڑھی بے ترتیب تھی۔ سر کے بال الجھے ہوئے، موٹے بھدے سے۔ آپ نے مجھ کو دیکھ کر بڑے تعجب کا اظہار کیا۔ ہاتھوں کے اشارے سے سطح زمین اور میرے درمیان کے فاصلے کو ناپا۔ پھر ابروؤں کے اشارے سے اس خطرناک حرکت کا سبب پوچھا۔ پھر ہاتھوں کو جھٹکا کر اور شانوں کو حرکت دے کر تعجب کا اظہار کیا اور قدرے توقف کے بعد غائب ہو گئے۔

میں نے چھوٹا سا گھونگھٹ نکالا اور منہ پھیر کر پڑھنے میں مصروف ہو گئی۔ اتنے میں آپ ایک ٹوٹا پھوٹا مونڈھا لیے نمودار ہوئے۔ اپنے صحن کی دیوار پر اسے رکھ دیا، پھر نچلے صحن سے اوپر تک کے فاصلے کی طرف اشارہ کرتے ہوئے مونڈھے پر بیٹھ گئے۔ ایک موٹی سی کتاب نکال کر گھٹنوں پر رکھ لی اور بڑے انہماک سے پڑھنے لگے۔ میں نے بظاہر ان کی حرکتوں پر کچھ دھیان نہ دیا۔

"ارے مر جائے گا بھئی مر جائے گا۔" کہیں سے آواز آئی۔

"مرنے دو ہمیں، جیتے رہے تو کیا مل جائے گا۔ کسی کی نظر میں سما جائیں گے کیا۔"

میں بڑی زچ ہوئی۔ یک نہ شد دو شد۔ خیر اسی میں سمجھی کہ کھسک جاؤں۔ بوریا بستر سنبھال کر گھسٹتی گھسٹتی اپنے صحن تک آئی۔

"ارے پکڑنا بھئی پکڑنا۔"

میں دھڑام سے چھلانگ لگا کر کمرے کے اندر۔۔۔

دو تین آدمیوں کے نعرے، "کیا بات ہے بھئی کیا بات ہے، ارے جو بات ہے خدا کی قسم لاجواب ہے۔"

اس کے بعد بے پناہ شور و غوغا۔ وہی منہ سے بلیوں کے لڑنے کی سی آوازیں۔

یہ تھے ہمارے پڑوسی۔ سب کے سب سکھ تھے۔ اندازے سے معلوم ہوتا تھا کہ زیادہ تر طالب علم تھے یا کلرک۔ صبح وشام دھما چوکڑی مچی رہتی۔ دن کے وقت ذرا امن رہتا۔ شام کے وقت پھر وہی ہنگامہ۔

برائے نام ہی سہی لیکن صبح کے وقت تھوڑا بہت پاٹھ کرنا میرا معمول تھا لیکن اب وہ بھی نہ رہا۔ ادھر صبح کے آثار نمودار ہوئے ادھر پڑوسیوں میں سے کسی ایک نے موٹی سی گالی سے اعلان صبح کر دیا۔ پھر عجیب عجیب آوازیں، بھانت بھانت کے لہجے، گندے لطیفے، پھبپھڑوں کی پوری قوت کے ساتھ دہرائے جاتے اور وہ اس شان سے کہ بولنے والا سب سے اوپر والی چھت پر اور سننے والے نیچے کے صحن میں کھڑے ہائے وائے کے نعرے لگا رہے ہیں۔

پھر داتن کرتے، زور زور سے کھانستے، ہنستے، ہی ہی، ہاؤ ہاؤ، قہ قہ، کھ کھ کھ کھ۔۔۔ اتنی قسم کی اس قدر بیہودہ ہنسیاں میں نے کبھی نہ سنی تھیں۔ بدن پر مالش کی جاتی، ڈنڈ پیلے

جاتے، بیٹھکیں لگائی جاتیں۔ اگر کہیں میری جھلک دیکھ پاتے تو پھر جوش میں الٹی سیدھی قلابازیاں کھانے لگتے۔ سیٹیاں بجاتے، چیختے اور آوازے کستے۔ کوئی خوانچے والا، سبزی فروش یا اخبار والا ایسا نہ تھا جس کی آواز کی وہ نقل نہ اتارتے ہوں۔ اس کھلے میدان میں اگر کوئی مرد پیشاب کرنے بیٹھ جاتا تو اس پر ڈھیلے پھینکتے اور گالیاں دیتے، "ارے شرم کرو، یہاں عورتیں بھی رہتی ہیں۔" جیسے خود تو عورتوں کا بڑا احترام کرتے تھے۔

شام کے وقت دوسری مجلس بیٹھتی تھی۔ ایک دوسرے پر فقرے چست کیے جاتے۔ بیہودہ گانے گائے جاتے۔ پھر بغلیں بجاتے دس عاشقوں کے کارنامے معشوقہ کی زبانی سنائے جاتے اور دسویں عاشق کی کارستانی پر 'ہو ہو' کا شور مچاتے۔ بے ڈھنگے طریقے سے ناچتے، آنکھیں مٹکاتے۔ ایسے موقعوں پر ان کے سر کے بال بکھر جاتے، داڑھیاں بے ترتیب ہو جاتیں، گال دہکنے لگتے اور وہ پسینے میں تر ہو جاتے۔۔۔ تب کوئی نہ کوئی گالی کی ایک پھلجھڑی چھوڑتا اور اس کے بعد بے ہودگی کی انتہا ہو جاتی۔
ایک چھوٹے سے دریچے میں ان کے صحن کا آدھا حصہ بھی نظر آتا تھا۔ اب میں ان کے چہرے بھی پہچاننے لگی تھی۔ انہوں نے ایک دوسرے کے نام بھی دھر رکھے تھے۔ ایک تو وہ موٹے، کدو سے حضرت جو میرے مقابل دیوار پر بیٹھتے تھے، داڑھی قینچی سے کتری ہوئی، مونچھیں کبھی ڈھیلی کبھی تنی ہوئیں، چہرہ گول، آنکھیں چھوٹی، سر کے بال عموماً شانوں پر گرے رہتے، ان میں چکنائی نام کو بھی نہ ہوتی۔ معلوم ہوتا تھا، نہ کبھی بال دھوتے ہیں نہ تیل لگاتے اور نہ کنگھی کرتے ہیں۔ گردن موٹی اور اس قدر لمبائی نہ ہونے کے برابر۔ جب ہنستے تو در و دیوار ہل جاتے۔ کئی قسم کی ہنسیاں ہنسنے میں ماہر تھے۔

آواز بڑی کرخت، بدزبانی، بے ہودگی، گپ بازی میں سب کے سردار، عموماً بھینسا کہہ کر ان کو چڑایا جاتا تھا۔ کافی بے شرم تھے لیکن زیادہ چڑانے پر چڑ بھی جاتے تھے۔ کبھی میں ان کے سامنے آجاؤں تو بڑی بے تکلفی سے رازدارانہ لہجے میں پوچھتے، "صبح سے درشن نہیں ہوئے۔۔۔ ہم نے بھی کھانا نہیں کھایا آج۔"

ان کے بالمقابل ایک صاحب تھے۔ لمبے تڑنگے، دبلے پتلے، صورت سے یرقان کے مریض، آواز باریک، چھدری داڑھی، سر پر چھوٹا سا جوڑا اور اس کے بیچوں بیچ سے بالوں کا ایک گچھا اوپر کو ہوا میں لہراتا ہوا۔ ان کو "ککڑ" یعنی مرغ کہا جاتا تھا۔ ہر آنے جانے والے پر رعب ڈالتے۔ آوازے کم کستے لیکن بک بک پر اتر آئیں تو شیطان پناہ مانگے۔ جسم کی بناوٹ خوبصورت تھی۔ یعنی 'بھینسے' کی طرح بے ڈول نہ تھے۔ مجھ کو دیکھ پاتے تو منہ سے کچھ نہ کہتے۔ آنکھیں مٹکاتے، پہلے سر ہلاتے، پھر شانے، تب کمر اور کولہے اس شدت سے ہلاتے کہ شاید نازک سے نازک لڑکی بھی نہ ہلا سکے اور پھر کمر اور کولھوں کی لرزش ٹانگوں پر سے ہوتی ہوئی پاؤں میں غائب ہو جاتی۔ کلاسیکل ناچ کی دھجیاں اڑاتے، اس وقت عموما 'بھینسا' ستار بجاتے، ستار بھی ایسی کہ اس کے تین چار تار ٹوٹ کر ہمیشہ نیچے لٹکتے ہوتے تھے۔

ایک گوراسا بلی کی سی آنکھوں والا لڑکا بھی تھا۔ اس کے بال سنہری تھے۔ داڑھی کے بال بڑے باریک اور غالباً ملائم۔ اس کا قد بھی "انکار محبوب" کی مانند مختصر، اس کا ایک دانت سونے کا تھا۔ وہ ہمیشہ ایک ملائم سی ہنسی ہنستا رہتا۔ اپنی دونوں کہنیاں دیوار پر رکھے، ہتھیلیوں پر تھوڑی لٹکائے وہ مجھ کو دیکھا کرتا۔ دیر تک میری طرف دیکھتا رہتا اور

کبھی کبھی بڑے اہتمام کے ساتھ ایک آنکھ بند کر کے آہ بھرتا اور پھر برش ہاتھ سے لے کر آہستہ آہستہ تصویر بنانے لگتا۔

ایک تھے باقر ٹیز۔۔۔ عام فہم زبان میں ان کو بکرا کہا جاتا تھا۔ ان کے سر کے بال بہت لمبے تھے۔ جوڑا اتنا بڑا تھا جیسے 'بھینسے' کے سر پر گوبر کر دیا ہو۔ ہنستے تو بڑے بڑے دانت نمایاں طور پر نظر آنے لگتے۔ اس رعایت سے کبھی کبھی ان کو "دانتین" بھی کہا جاتا تھا۔ گالوں پر لکیریں بھی بہت پڑتی تھیں۔ داڑھی دیکھ کر سر پیٹ لینے کو جی چاہتا تھا یعنی صرف ٹھوڑی پر چند بال۔ خمیدہ گردن۔ بہر حال سانس کی آمدورفت جاری تھی۔ سب سے زیادہ شریف اور نیک دل تھے۔ آسمان کی بادشاہت انہیں کی تھی۔۔۔ مجھ کو چق کے پیچھے سے دیکھنے کے عادی تھے۔

ایک اور "ڈھل مل" سا شخص تھا۔ اس کی داڑھی عموماً بندھی رہتی تھی۔ رنگ سیاہی مائل گندمی۔ بڑے ترنم سے بولتے۔ صورت سے متانت ٹپکتی تھی۔ گال پھولے ہوئے۔ عموماً بڑے وقار سے قدم اٹھاتے۔ بات کرتے تو ذرا سنجیدگی کے ساتھ مجھ کو دیکھنے کی کوشش کرتے تھے۔ دیکھ پاتے تو خوب منہ پھاڑ کر ہنستے۔ آوازے نہ کستے، زیرلب ہی رائے کا اظہار فرما کر رہ جاتے۔ دزدیدہ دزدیدہ نظروں سے مجھ کو دیکھتے رہتے۔

کہیں پرلے کونے کے کمرے میں ایک صاحب اور تھے۔ ان کی صورت کا کچھ تعین نہ تھا اور نہ ہی میں ان کو سمجھ سکی۔ بقول موپاساں سب سے زیادہ دکھی شخص وہ ہے جسے کوئی سمجھ نہ سکے۔ کبھی وہ سکھ ہیں تو کبھی بال انگریزی طرز پر اور داڑھی صفاچٹ اور کبھی

فرنچ کٹ بھی۔ کبھی ایک مونچھ غائب ہے تو کبھی دوسری۔ سر پر کبھی کبھی پگڑی، کبھی ہیٹ، ہر آن گرگٹ کی طرح رنگ بدلتے تھے۔ بات کم کرتے، ہنستے زیادہ اور ہنسنے سے زیادہ شرماتے۔ کمرے سے باہر ان کو کم ہی دیکھتی تھی۔ جب نکلتے تو شرماتے ہوئے۔

"بھینسا" سب سے اوپر کی چھت پر کھڑے ان کے شرمانے کی "پیروڈی" کرتے۔ ادھر "بھینسا" شرمانے میں سو سو ڈھنگ سے منہ بناتے، شانوں کو حرکت دیتے، نہ ہل سکنے والی کمر کو ہلاتے، سکڑتے، کبھی پہلو بدلتے۔ ادھر ہنسی کے مارے میرے پیٹ میں دکھن، لیکن شرمانے والے کو اس پیروڈی سے ذرا عبرت حاصل نہ ہوتی اور وہ شرمائے ہی جاتے۔ مجھ کو کم دیکھتے، آوازے بالکل نہ کستے۔ لیکن معلوم ہوتا تھا کہ منہ میں زبان رکھتے ہیں۔

دو لڑکے اور بھی تھے۔ گھوڑے کے بچھیروں کی طرح۔ کبھی ڈلکی چال سے ادھر آتے، کبھی ادھر جاتے۔ مجھ کو دیکھ کر بڑا مچلتے تھے۔ ہائے، وائے، مار ڈالا، مار ڈالا، کے نعرے لگاتے۔

وہ لوگ مجھ سے عشق جتلاتے وقت اپنی صورت آئینے میں دیکھنے کی ضرورت نہ سمجھتے تھے۔ سب کے سب پیچ کھیت، ڈنکے کی چوٹ میرے دام عشق میں مبتلا تھے۔

مالک مکان کا بوڑھا نوکر کہتا، "اب تو یہ کچھ زیادہ ہی شور مچانے لگے، ورنہ پہلے اتنی وقت بے وقت دھما چوکڑی نہ مچتی تھی۔" لیکن میں کچھ مانوس سی ہو گئی۔

ایک دفعہ میں ان کی نظروں کی زد سے ہٹ کر صحن میں ایک طرف کو بیٹھی تھی۔

"بھینسا" چھت سے پکار کر بولے، "بھئی ایک بات پوچھوں۔۔۔؟ فرض کر لو تم عورت ہو۔"

"میں عورت؟"

"اماں۔۔۔ بھئی فرض کر لو۔"

"فرض کر لیا۔"

"اور ہم کو دیکھنے کے لیے بے قرار ہیں۔"

"بے شک۔"

"تو ہم دیکھا کریں۔ تمہارا کیا لیتے ہیں۔ یعنی (منہ پھاڑ کر) ھونچو۔"

مجھ پر چوٹ تھی۔

بھئی پڑے دیکھیں، پڑے چلائیں، چھت پر نہ جائیں؟ سبزی کے چھلکے میدان کی طرف نہ پھینکیں؟ کسی خوانچے والے کو آواز بھی نہ دیں؟ کپڑے نہ پہنیں؟

ایک دن مالک مکان کی اماں چلی آئیں۔ ادھر ادھر کی باتوں کے بعد، میں نے دیواروں پر سفیدی کے لیے کہا، پانی کی نالی کی مرمت کی ضرورت کا احساس دلایا۔ وہ حامی بھرتی گئیں۔ میں نے چائے پلائی۔ اتفاقاً ہم صحن کے اس حصے میں چلے گئے جہاں وہ مجھے دیکھ سکتے تھے۔ کپڑے بھی ذرا شوخ رنگ کے پہن رکھے تھے۔

"بیٹی! اگر دل نہ لگے تو ہمارے گھر آجایا کرو۔ وہ کونے پر تو گھر ہے۔"

"جی نہیں، دل کا کیا ہے۔ فرصت ہی کہاں، مصروف رہتی ہوں۔"

آواز آئی، "بھئی! ہے ہے! دھرم سے حد ہو گئی۔ آج تو نظر نہیں ٹکتی۔"

میں بد کی۔ بڑھیا نے آواز سنی یا نہیں۔ لیکن بشرے سے اس نے کچھ ظاہر نہیں ہونے دیا۔ میرا دماغ کھول رہا تھا۔ نہ معلوم بڑھیا کیا سوچتی ہو گی۔ یہی کہ آخر دل کیوں نہ لگے۔ میری مصروفیت کی "حقیقت" بھانپ گئی ہو گی۔

اس کے جانے کے بعد جنون کی سی کیفیت طاری ہونے لگی۔ یہ وہ مرض تھا جس کا کچھ علاج نہ تھا۔ کہیں شنوائی نہ ہو سکتی تھی۔ صبر کا دامن ہاتھ سے جاتا رہا۔ میں خود کو روک نہ سکی۔ انتہائی غضب کی حالت میں ان کے سامنے جا کھڑی ہوئی۔ وہ تعجب سے میری طرف دیکھنے لگے۔ غصے کے مارے میرے ہاتھ پاؤں لرز رہے تھے۔ مٹھیاں کس کر غضب ناک آواز میں چلائی، "تم لوگوں کو واقعی شرم نہیں آتی۔۔۔ میں آپ لوگوں کے پاؤں پڑتی ہوں۔۔۔" میں رو پڑی۔۔۔ ریت کے گھروندے کی طرح گرنے لگی لیکن بہ مشکل سنبھل کر ہٹ گئی۔

بڑی دیر بعد طبیعت سنبھلی۔ منہ ہاتھ دھویا۔ اتنے میں "وہ" بھی آ گئے لیکن میں نے اس بات کا ذکر نہ کیا۔ آخر ان لفنگوں کا کیا بگاڑا جا سکتا تھا؟ یہی نا! مردوں میں تو تو میں میں ہو جائے تو پھر بے پر کی بچہ بچہ کی زبان پر ہوں۔

دوسرے دن میں پانی کا لوٹا لے کر چھت پر گئی۔ مجھ کو دیکھ کر کسی نے چوں تک نہیں کی۔ آتی مرتبہ بھی کوئی نہ بولا۔ میں نے اس طرف دیکھا ہی نہیں۔ نظریں جھکائے کمرے میں چلی آئی۔

دن گذرتے گئے۔ ایسا معلوم ہوتا تھا جیسے ہمارے پڑوس میں انسانوں کی بستی نہیں

مرگھٹ ہے۔ حسب معمول صبح ہوتی، شام ہوتی لیکن کوئی آوازہ، کوئی بے ہودہ کلمہ سنائی نہ دیتا۔ ہائے دل، ہائے جگر کی صدائیں بالکل بند۔ نہ رقص ہوتے، نہ لطیفے کہے جاتے، نہ بازاری گانے گائے جاتے، نہ منہ سے بلبلاں لڑانے کی سی آوازیں ہی نکالی جاتیں۔
پہلے پہل دل کو یک گونہ تسکین سے محسوس ہوئی لیکن آہستہ آہستہ طبیعت الجھنے لگی۔ کیا بد تمیز اخلاق کے اس قدر ہی قائل ہو گئے ہیں۔ وہ کون سا احساس یگانگی تھا جس کی شدت میں پہلے ہی دن وہ مجھ سے اس قدر بے تکلف ہو گئے تھے۔ پانچ مہینوں کے طویل وقفے کے بعد پڑوس کے آباد ہو جانے پر پہلے پہل انہوں نے اتنی خوشیاں کیوں منائی تھیں۔ تعداد میں اتنے ہوتے ہوئے بھی ان میں تڑپتی ہوئی زندگی کے آثار کیوں مفقود ہو گئے تھے۔ وہ اس قدر تنہا کیوں محسوس کرتے تھے۔ وہ کون سی خلا تھی جو پر ہونے سے رہ گئی تھی۔ یہ کیسے عاشق تھے۔ ان میں کوئی دوسرے کا رقیب نہ تھا۔ وہ سب جانتے نہ تھے کہ ان کے ہاتھ نہیں آسکتی؟ ان کو معلوم نہ تھا کہ مشرقی، بالخصوص ہندوستانی لڑکی کن قوانین کی پابند ہوتی ہے اور اس کا کیا ایمان ہوتا ہے! پھر بھی ان سب کو بلا کسی جھجک کے مجھ سے بے پناہ عشق تھا۔

اب وہ بھوت دکھائی دیتے تھے۔ وہ کسی اور ہی دنیا کی مخلوق معلوم ہوتے تھے۔ اب وہ شریف تھے۔ اب میں اپنے پڑوسیوں پر فخر کر سکتی تھی۔ لیکن وہ کس قدر عمر رسیدہ معلوم ہوتے تھے۔ بوڑھے۔۔۔! بوڑھے!!
جیسے صدیاں گزر چکیں، جب وہ جوان تھے۔
اتوار کو ہم دونوں "ان" کے ایک دوست کے ہاں چلے گئے۔ وہاں سے سنیما گھر پہنچے۔

سارا دن ہنسی خوشی گذارنے کے بعد لوٹے۔ گھر کے پاس وہ محلے کے ایک آدمی سے بات کرنے لگے، میں چلی آئی۔ پڑوسیوں کے ہاں آج کچھ شور وغل سن کر میری خوشی کی انتہا نہ رہی۔

دریچے میں جھانک کر دیکھا۔ دو بڑی بڑی چارپائیوں پر سب کے سب بیٹھے تھے۔ وہ "بھینسا"، وہ "لگڑ" وہ بچھیڑے، وہ باقر ٹیز وغیرہ کیسے معصوم دکھائی دیتے تھے۔ اس آسمان تلے چند بندے تھے پرماتما کے۔۔۔ بھینسا آہستہ آہستہ ستار ٹنٹنا رہے تھے۔جی چاہا وہ مجھ کو بھی شامل کرلیں۔ کچھ آوازے ہی کس لیں، کچھ شور وغل ہی کرلیں۔ کچھ الٹی قلابازیاں ہی لگالیں۔۔۔

میں باہر صحن میں اس انداز سے کھڑی ہوگئی کہ ان کو نظر آسکوں۔ دور کھیتوں کی طرف لے گئی۔ اس سے بھی زیادہ بے شرمی کی بات یہ کہ میرے سر سے میرا رنگین دوپٹہ کھسک کر شانوں پر آرہا لیکن میں نے دوپٹہ نہ ڈھانپا۔۔۔

باتیں نہ رہ گئیں۔ میں نے چھپی نظروں سے دیکھا، وہ آنکھیں جھکائے صحن کے اس حصے کی طرف لپک رہے تھے جدھر نہ وہ مجھ کو دکھائی دے سکتے تھے اور نہ میں ہی ان کو نظر آسکتی تھی۔ شام کے دھندلکے میں میلی میلی چادریں لپیٹے، آگے پیچھے سے چارپائیاں ہونا ہے۔۔۔

اور پھر موت کی سی خاموشی طاری ہوگئی۔

میں کرسی پر بیٹھی کیا، گر پڑی۔ جب میں نے آئینے میں اپنی صورت دیکھی تو مجھ کو ایسا محسوس ہوا جیسے میری آنکھوں کی شراب غائب ہے اور ہونٹوں کی مٹھاس کم، گالوں کی

سرخی ندارد، سینے کی کشش ختم اور میں بوڑھی کھوسٹ ہو چکی ہوں۔ بڑھیا! بڑھیا!!

رات کو جب "وہ" واپس آئے تو میں نے کہا کہ میں یہاں نہیں رہ سکتی۔ گھر جلدی ہی بدل لیں۔

"کیوں؟"

"میرا جی نہیں لگتا۔"

طے پایا کہ اگلے اتوار کو ہم یہ گھر چھوڑ دیں گے، کیوں کہ اس وقت ایک کوارٹر مل سکتا تھا۔ دوسرے اتوار کو ہمارا سامان ٹھیلوں پر لد رہا تھا۔ وہ سب لوگ چھپی نظروں سے ہمارا سامان لدتا دیکھ رہے تھے۔ ان کے پڑوس کا مکان پانچ مہینوں کے طویل عرصے تک خالی رہنے کے بعد مختصر عرصے کے لئے آباد ہوا اور اب پھر خالی تھا۔

ان کی صورتیں رنجیدہ ہیں۔ چادریں لپیٹے کاہلی سے ادھر ادھر ٹہل رہے ہیں۔ مالش نہیں کرتے، ناچتے نہیں، الٹی قلابازیاں نہیں لگاتے۔ سب سے اوپر کی چھت پر "بھینسا" نیچے لنگڑ، بکرا نل سے پانی بھر رہا ہے۔ وہ بلی کی سی آنکھوں والا گورا سا لڑکا اداس نظروں سے دوسری طرف کو دیکھ رہا تھا۔۔۔

ہم تانگے پر بیٹھے ہیں۔ تانگے والا گھوڑے کو چنا کھلاتا ہے۔

میں محسوس کرتی ہوں جیسے مجھ کو چاہئے تھا کہ ان کو اپنی حفاظت میں لے لیتی، جیسے میں نے ہی ان کو جنم دیا تھا، جیسے میں نے ہی ان کو پال پوس کر۔۔۔

☆☆☆

کرشن چندر

کا ایک دل گداز رومانی ناول

برف کے پھول

(بین الاقوامی ایڈیشن)

منظر عام پر آچکا ہے